# 鱼为什么活着

李路平——

著

百花洲文艺出版社
BAIHUAZHOU LITERATURE AND ART PRESS

**图书在版编目（CIP）数据**

鱼为什么活着 / 李路平著. -- 南昌：百花洲文艺出版社，2023.10
ISBN 978-7-5500-4879-9

Ⅰ.①鱼… Ⅱ.①李… Ⅲ.①散文集－中国－当代 Ⅳ.①I267

中国版本图书馆CIP数据核字(2022)第238978号

## 鱼为什么活着
YU WEISHENME HUOZHE

李路平　著

| | | |
|---|---|---|
| 出 版 人 | 陈　波 | |
| 策划编辑 | 胡青松 | |
| 责任编辑 | 余丽丽　李梦琦　童子乐 | |
| 特约编辑 | 李　澜 | |
| 书籍设计 | 方　方 | |
| 制　　作 | 周璐敏 | |
| 出版发行 | 百花洲文艺出版社 | |
| 社　　址 | 南昌市红谷滩区世贸路898号博能中心一期A座20楼 | |
| 邮　　编 | 330038 | |
| 经　　销 | 全国新华书店 | |
| 印　　刷 | 江西润达印务有限公司 | |
| 开　　本 | 787mm×1092mm 1/32　　印张 8.25 | |
| 版　　次 | 2023年10月第1版 | |
| 印　　次 | 2023年10月第1次印刷 | |
| 字　　数 | 160千字 | |
| 书　　号 | ISBN 978-7-5500-4879-9 | |
| 定　　价 | 42.00元 | |

赣版权登字 05-2022-321
版权所有，侵权必究

邮购联系　0791-86895108
网　址　http://www.bhzwy.com
图书若有印装错误，影响阅读，可向承印厂联系调换。

致消失的一切

# 目　录

**辑　一**

喑哑者 / 003

猜测上帝的生活 / 017

亲切的水 / 029

复活的祖母 / 035

三味宝光 / 048

糖宝，睿睿和我 / 056

怀念一条鱼 / 065

母亲的法则 / 071

旁观者 / 084

凝　视 / 094

**辑　二**

枯　井 / 105

老屋下 / 110

酒 鬼 / 120

上 圩 / 128

水猴子 / 132

蔗 / 135

鸭和一只特立独行的鸡 / 139

世上最好喝的豆浆 / 143

树的形状 / 146

唯一的路 / 152

遥远的紫云英 / 155

## 辑 三

深夜，爱情和水蛭 / 167

滴 漏 / 173

书店里的痛苦 / 178

衣服的羞耻感 / 182

雀巢南枝 / 185

子 孓 / 189

盲 道 / 192

不过分的树 / 195

寻找海子的阳光 / 198

黑 犬 / 203

地铁里的中年人 / 206

青色花瓣 / 209

# 辑 四

绿萝为什么活着 / 215

猫咪为什么活着 / 224

树为什么活着 / 233

鱼为什么活着 / 242

辑

一

# 喑哑者

## 一

星已经死去快二十年了。

星刚来的时候，和我家养过的其他土狗并没什么不同，除了棕黄偏红的毛色看起来深一些，在赣南的红土堆里打个滚，躺下不动就没有人会发现它的存在。它确实是土到家的狗了。

这样说并没有贬低它或崇洋媚外的意思，土狗就是土狗，就像日本的秋田和美洲的阿拉斯加一样，它们在当地也是土狗。我们村里还有很多五大三粗、淳朴善良的人被安上了与狗身上某个部位相关的外号，也并未觉得很不妥。但星和村里其他土狗相比还是显得那么不同。

狗和猫一般都很怕水，即使无人时它们接近池塘俯身喝水，必定都是腿脚往后曲，脚趾用力抓地，随时做好了准备从水边跳开，星却喜欢水。我不知道什么时候开始发现了这样一个"秘密"，当时正上小学，每天起来在电视机前扒完饭冲去学校，回来继续在电视机前扒饭，然后学着《七龙珠》里悟空的招式哼哼哈嘿，希望找一个对手过招，那时候星就会全身湿淋淋地摇着尾巴跑过来，好像它也想和我比试比试。

星爱水，是那种对水完全没有了恐惧的爱。我也爱水，但没有像它爱得那么彻底，我也怕水，在北海苍茫的海面上，在厦门岛和鼓浪屿之间小海峡奔突的渡轮上，甚至在汉口的江轮上，看着莽苍苍的水面，我感到了前所未有的恐惧，感觉自己就像海面或江面上被打碎的泡沫、扭歪着长出青苔的塑料一样，永远是个败者，不可能会是其他样子。或许这样对比并不恰当，星的世界只有我们村子大小，它也许去过别的村镇但并没有被吸引，并没有像后来我家养过的狗一样，养着养着就给别人家守门了，偶尔会回家转一下。星不是这样的狗，它几乎游遍了村里每一口池塘，节假日跟随我们走亲戚，顺便把路上和亲戚家那边的池塘也游了一遍，它没有见过海，甚至江也没有吧，但我相信即使它看见了，也一定会像看见池塘一样欢快地跑过去，游一圈再上来撒欢。

　　确实是这样子，我们看着它在收割后的田地里左冲右突，捕蜻蜓追耗子，就像所有从家中被放出来的狗一样，但我们从来没有拴过星，这也是最后悲剧发生的原因。它比村里其他土狗更幸福的一点或许就是它真正获得了一只狗的自在，虽然我并不知道一只狗最理想的生活是什么样子，如果我是村里的一只土狗，我是一百万个不愿意被整天拴在门口院里的。它偶尔会跑到面前蹭一下我们的腿脚，摆出一副很乖的样子，迅疾又开始了没完没了的奔跑，也许正因为它热爱奔跑所以才那么热爱水，每次都在奔跑过后就顺着池塘岸边的水草滑进水里，露出一个脑袋和时隐时现的背和尾巴，不时从鼻孔里喷出的气会吹开水面，发出像水牛憨在水里的那种声音。有时候池塘那么大，我们会担心它游不过去，但并没有发生过这样的事情。它也许早就规划好了怎样的路线，比如直直地穿过一个大池塘，在小池塘里转几个圈，游一个"U"字形，它总会湿答答地爬上水草，站在岸边把水甩掉去，有时候它在我们面前上岸，我们就会走开来，不然身上就会像被雨淋了一样。

星爱水并没有被水淹过，也没有因此而捅出什么乱子，我们渐渐也就由着它去了，但我没想到最后它会这样子出现在我面前。

不记得那时是去上课还是出去玩了，回来发现村里的小朋友都围在我家门前的坪地上，我拨开他们看进去，星躺在地上，嘴角沾着白沫，泥地上也沾了很多，白丝丝的，像摘桑叶时看见蛇留在叶下的唾沫，后边是它的屎尿，已经把侧躺的身子全部弄脏了。本能的恐惧让我往后退却，急喘着的星看见我，挣扎了几下站起来，人群哗的一下全部散开了。它慢慢地向我走过来，此时显得柴草一样干枯泛黄的尾巴无力地摇摆，时不时拖到地面，和它呕吐与排泄出来的东西搅在一起，尖部早已是污黑一片。因为中毒而痉挛的身体持续抖动着，无以言说的痛苦带动它的头部一次又一次地向一边拉扯，就像中风了一样。它的眼神浑浊，我不知道它是怎么在人群中一下子就认出了我，它蹒跚地带动着身体摇晃过来的时候，我的眼睛已经被泪水模糊了，只看见一团硕大的黄浊的东西慢慢来到面前，没有喜悦，也没有哀鸣，除了旁观者的讶异和哄闹，还有丝丝犹如万分疲倦的喘息，我听不见从星身上发出来的任何声音了。

　　但它就要接近，就要闻嗅到我周身被汗水浸湿的体味时，我跑开了，我像其他看热闹的孩子一样，爬到一堆水泥砖上，尽管泪珠子已经断线了一样洒了一地，又洒了一身，我还是退缩了。星每走一步都那么艰难，像初生的牛犊一样周身不稳，腿软，但我知道它并非像那初来人世的牲畜一样充满惊恐的喜悦，它的头脑里一定混乱极了，所有的神经都在不间断地跳突着，像一台即将报废的机器，没有谁可以控制得住那些疯狂的零件，不多时它们必将跳脱出原来的位置，爆炸，或者熄火。它能够认出我来已经耗费了许多力气，在我回来之前，它早已饱尝痛苦的滋味，它并没有疯癫，没有在这最后的时刻恐吓身边的小孩子，没有伤害他们，它只是那样静静地躺着，任凭那它无可奈何的毒素在它的体内横冲直撞，左右奔突，仿佛它的体内也有一个小小的世界，就像它曾经肆无忌惮奔跑过的一样，但这是别人的世界，当这个陌生的他者在它的体内肆意践踏时，它只感受到了痛苦，无以言说的痛苦，更是致命的痛苦。

　　它紧绷着嘴唇仅仅是为了等到第一个出现在它面前的家人吗？我见过它独自去到田地间吞食青草，我相信它天生就会自我治疗，可是这次它却无能为力了。我相信它也知道，从前的病痛都没有这一次这么猛烈，它吞食的东西在进入肠胃时已经让它感觉到了不安，当它试图呕吐出来时，发现吐出来的并非它想要吐出来的东西，而是唾沫，无休无止的唾沫。好像刚才吞下去了一架鼓风机，身体急剧鼓胀起来，所有吞噬的水分都被它鼓吹成了白色的泡沫，连续不断地从口中喷出来，似乎只有一张口还不够，所有排泄的器官都在往外喷射着什么。是什么呢？它躺在地上，它也不知道了。而它终于等到了一个家人，也就是我，它颤巍巍地向我走过来，我倒退着靠到一堵水泥砖墙上，然后慌不迭爬上去。它的眼睛已经被泪水和污物迷糊了，它有气无力地支撑着身体，这已不是平日鲜活粗壮的身体，松弛的皮毛耷着，因平躺而变形的躯体已经不能恢复原样。它艰难地抬起头，尽管眼睛早已无神，然而它的模样还是原来的样子，甚至还有一丝羞怯，更像做错了什么事儿主动过来承认错误，希望我原谅它。它微微仰着头，无神的眼睛朝向我，就像一帧不曾丢弃的照片，始终清晰地显现在眼前。

## 二

那次我并没有像电视机里表演的那样紧紧抱住它，痛哭得悔不当初。我像一个旁观者一样躲避它，远离它，害怕它会突然疯癫起来，在我身上狠狠来一口，我也会跟着它一起完蛋，我的人生才刚刚开始，理智告诉我，这并不值得冒险。

然而用"理智"这个词似乎并不得当，我当时还在接受大面额的八年义务教育，理智是什么大概还不清楚，我只是本能地感到害怕。星的样子就和我见过的所有疯狗的样子相差无几，痛苦让它的面相也扭曲了，只是还能够看见它的无辜和无助，可是我也不确定，甚至抚摸了一下它，最后还是逃走了，像一个和它没有关系的人。它费尽力气走到水泥砖墙下，扬了扬头，又扑倒在我的面前，呕吐仍在继续，痉挛仍在继续，而后，这一切终于平息。

后来我一次又一次地想起这些细节，想象自己应该可以做得更好一些，比如抱着它去诊所找代医师，抱不动可以找一个板车拉过去，代医师只会医人，他会医狗吗？我当时也确实想带着星去找大夫，可是没有。比如我还可以找一根木棍或是一块大石头，用力往它的脑袋上砸过去，纵然有再多不忍心和不舍，也应该早点让它结束痛苦，去往另一个极乐世界，可是也没有。我似乎在那天看到它的第一眼就感觉到了死亡，并相信死亡最终会将它带走，而我无能为力。不久前我家的一只白鸭子就是这样被四处洒落的毒药给夺走的，而我们诉诸无门。那是家里所有养过的鸭子中，我唯一合影过的一只，在那张褪色的照片里，我跳进豢养它的一口枯井，露出穿着毛衣的上半身，那件我尤其钟爱的毛衣，是在外打工的姐姐过年回来送给我的。它因为受惊而拍打着雪白的双翅扑在我的胸前，我为躲避它的翅膀而把脸向后撇过去了，所以在那张照片里我们都看不见正面，只在胶片纸上留下两个灰白模糊的身影。

那也是一只好鸭子，是下雨天外出玩水时，记得回来下蛋的鸭子；是抱出去池塘戏水，吆喝一声又会游回我手心里的鸭子；是所有鸭子中最不像鸭子的鸭子，它的前生一定是更为高级的生灵。可它就是被隐匿在暗处的毒物夺走了性命，等我看见时已经硬邦邦地躺在走廊干燥的水泥地上。羽毛不再鲜亮，身形不再完美，微微张开的嘴甚至有些丑陋，死亡就是这样让我直面痛苦而又无能为力。它就弥漫在尸体的周围，枯冷的气氛，暗淡的光线，粗糙的微尘，就像一根羽毛被风吹来，又若无其事地随风而去，带着它永远轻盈的身姿。当我就这样带着惊恐面对星时，我预先看见了死亡，以及死后残留下来的丑陋的尸身，它让我参与了它死亡的过程，并不是恶意的，就像所有的生命一样，它们只是想临死前可以获得依偎和平静，然而我并未给予它依偎，所以至今也不知晓它是否获得了平静，我又怎么可能拿起一个硬物给予它致命一击呢？

我为自己当初什么也没有做而感到无法原谅，哪怕做出了其中一个选择，也不至于像现在这样满心愧疚。作为一个生命它有权被拯救，只是未能遇见可以拯救它的人，我的怯懦和冷漠延误了宝贵的时机；假如我狠下心来搬起一块水泥砖把它的头砸扁，它就能立马从魔鬼的纠缠中解脱出来，平息疼痛，也能从容地抛却那一具肮脏的肉身。但是没有。我也可以找到很多借口为自己开脱，只是有的东西并非开脱就能获得内心的平静，我渴望被原谅，然而我知道，在这件事里我永远也无法被原谅了。星就死在我的面前，慢慢失去呼吸，慢慢失去体温，被濡湿的皮毛逐渐变得僵硬，痛苦让它变得面目狰狞，只留给这个世界最后一个姿势，还有一具不干净的、被死亡折磨得变形的躯体。

我时常叩问自己，对星的爱到底是怎样的一种爱？甚至，能够将这样一种人畜之间的感情称为爱吗？从平等的生命意义上看，应该确实如此，生命没有高低贵贱，每一个生命出现在这个世界上都应该受到应有的尊重和爱。只是这样让人畜平等或许会招来无数人的反对，有人甚至会大骂我是疯子，想要获得这样的平等与爱不知道还要等待多少年，或者是否能够等到呢？也许只能从既定的"人—畜"关系层面来探讨这个问题，才会显出些许效果。

星最初来到这个家庭，其实和之前我家养过的所有狗一样，原意都是想它能够承担起一条狗的职责——看家护院。它能够从父辈那里得到的只是粗食，甚至剩菜剩饭，因为在他们的观念里，狗就是狗，有东西喂就已经很好了，难道还想和人平起平坐？这也是艰苦的生活里他们所能承受的了，而作为孩子的我们和父母的想法或许并不相同。当我端着饭碗看着它吐舌摇尾的模样，就禁不住总要把自己碗里的肉和汤饭什么的倒给它，哪怕被爸妈骂过无数次之后，也依然会这样做。而它眼里看见的又会是怎样的一种生活呢？我无从知晓，或许可以想象它看见我会更亲热一些，但也仅限于此，它的悲哀它的幸福只有它默默承受。或许很难苛求一条狗尽职尽责，难道整天不离门前屋后就是尽责吗？有时候也未必，相比于如今城里人养的宠物猫狗，甚至动物园被圈养起来的狮子狗熊，农村里的土狗应该是最尽职的了。它们同时也是宠物，懂得所有卖乖的技巧，星就是这样子，在爸妈的眼里可能更看重它的本领，在我，就是多了一个玩伴，一个永远不会嫌弃我的玩伴。它享受了我可以给它的一切特权，同样的吃食，享用同一床铺盖（偷偷地），一起和村子里的小伙伴玩耍。我甚至从来就没有把它当成畜生，它就是介于人和牲口之间的某种存在，一个纯粹的活物。

"星"是我所取，后来成为全家人招呼它的名字。其实这个名字更应该看作是一个发音，xin 或者是 xing，客家方言里没有后鼻音，所以叫它"幸""新""心"都可以，它们的意思也都好理解，这也是我为什么那么喜欢它的原因。只是这一切并未朝着希望的方向发展，我还是那么没有长进，家里也依旧是老样子，一丝新的幸运的东西都没有出现，它最后也因误食了有毒之物而身死。我不断回想星死时自己究竟是怎样一副模样，然而总是很模糊，时间虽然像水一样滑腻，但涌流了那么久，终究还是在记忆的底片上刮出了花纹，让往昔的一切都不甚清楚。

可以肯定的是，那时的我早已被恐惧包围，星面相的恐怖，还有死亡变相的恐怖，一齐将我击溃，瘫坐在水泥砖头上不能动弹，就像自己经历了死亡一样。但我却没有和它一起死去，我被留下来面对被死亡折磨与带走的一切，还有未被它带走的一切，都将成为我今生无法割舍的一部分。既是教训，也是惩罚，并不断刺激我思考这一切。


三


我想当初面对星死时的那份感受是真切的，纯粹的害怕将我的手脚冻住，让我无法作为，还有种切肤般的疼痛在用力割着我的内脏，我也因恐惧和疼痛而战栗起来，成为围观的孩子中喑哑的一个。当这个场景被一遍又一遍回想的时候，我察觉出了自己的怯懦在其中扮演的角色，所有的推脱不作为，其实都是内心这份冷酷与懦弱在作怪，我就连做做样子的勇气都没有。死亡笼罩了一切，也许我并不是害怕死亡，而是更在乎自己在抵抗死亡的时候，最后还是被死亡驯服，一无是处地被压在地上，让正在死亡的缓慢死去，让试图挽救死亡的受到羞辱。我被自己打败了。

星在我的心里也许并非像所认为的那样占据着一个深沉的位置，死到临头我们才各自发现，原来它在我的心里不过如此。死亡让我们学会了选择，或者更应该说是生，让我们学会了选择。在生或死的面前，其实我们早已在潜意识里做好了衡量，未到最后一刻，你终究不知道会是什么结果。然而星的死带给我的痛苦又是什么呢？虽然没有出现血，然而我还是感觉到血淋淋的，我的身体好像也被剖开了，我能看见分离的骨肉未曾流出血来时一刹那的潮红，那是比鲜血还要令人窒息的色彩。那种痛苦还未上升到足够我迈开脚步把它送去诊所吗？还是这根本就是另一种无关紧要的感情，就像不忍心看一只鸡被宰杀，但不久就会抢着吞下它一块块香喷喷的肉？这是一种伪善抑或人类的自我保护的本能？怜悯也是一种自我保护。

但是这样的痛苦却一直持续到了今日，并不是转瞬即逝，而是永远保留了下来，成为我生命里的一个瘢痕，一个印记。是否可能因为，当初的自己那么弱小，仍旧还在大人的庇护之下，又如何能够给其他的生命提供庇护呢？到了眼下的年龄，反而升起了一种保护他者的欲望，在通常情况下也有了给予这种保护的能力，以致在我追忆起近二十年前的那一幕时，总是为自己的无动于衷而忏悔？我用自己日益成长成熟的心去不断接近那场死亡，所以才会越来越清晰，越来越懊悔吗？那时的贫苦与乡村的破落早已成为遥远的怀念，在关于它的追忆里反而滋生出诸多美好的色彩，而追忆星的死亡我却无法放过自己，这又是为什么？那一次我才真正体会到一种叫作生命的东西，它真的存在，在近乎死去的一刻它甚至就要从寄存的肉体里挣脱出来，以一种从未直面过的形象出现在我的面前，而我却无法把握它，不能像抓住被风吹起的一个气球、被水冲走的一只鞋子一样抓住它，把它重新放回它应在的体内，让它永生。

我想这依然是一种推脱，还是没有接近所要追寻的本质。是什么让我眼睁睁地面对一场死亡，就像面对自我的一场无期徒刑而无以争辩，更无以改变？在星死去的近二十年里，我也曾面对过其他一些类似于此的事情，也许它们之间根本没有关系，只是面对它们时，总会不经意间想起星的死。

读初中时，同学间热衷于认哥哥妹妹，现在想来大概就是相互之间有了好感，便想心里更亲近一些，其实还和爱情无关。我也有一个"妹妹"，但她的学习并不好，而我又因为留级而和她更疏远了，到最后我甚至不清楚她是否考上高中继续读书。有一次和同伴从高中放假回家，在初中附近遇见了她，同伴和她聊天，我却没有怎么说话，我们分开之后同伴问我为什么要装作不认识她了？为什么要装作不认识"妹妹"了呢？回想起来，仍旧是那一种无可摆脱的怯懦，它让我在她的面前不知道如何说话，不知道应该说些什么，与其令人尴尬不如避而不见，这是潜意识里的选择，也是我残忍的沉默。后来听到流言说我考入了重点中学就变得目中无人了，但我知道不是这样，我也从来没有以这样的身份伤害过任何一个人。

另一次，便是奶奶的死。奶奶去世的时间正是我高中毕业的那个暑假，也是二姐结婚的时候，本来一切都喜气洋洋，却忽然传来她的死讯，父亲的脸庞上顿时布满阴云，我也在自己的欢乐里直直地跌落下来，没有了精神。天气酷热，我们不得不先送奶奶去火葬，在火葬场的等待，火葬之后接到手里的骨灰，为奶奶的灵魂烧的纸钱，以及捧着骨灰罐在路边等车的情形，都深深地留在我的心里，至今无法忘却。没有一辆班车愿意在搭载活生生的乘客之外顺便搭载一个死者，我们不得不用外衣将它完全裹住，又走了几公里到另一个地方拦车。然而直到上了车之后，我们也能感觉到其他人怪异的眼光，也许我们的脸上始终写满了悲伤，不用说话他们也知道发生了什么。接着便是二姐的婚事，我又因填报的志愿没有录取赶到城里补报志愿，最终未能参加奶奶的葬礼。我的心里确实也不想参加这个仪式，尽管是会被认为不孝。只是孝与不孝只能任人品评，我对奶奶的感情却是毋庸置疑的，我只是抗拒那样一个场面，那样一个比星的死亡放大了几十倍的悲伤的场面，那个时候也正是我最为脆弱的时候，我害怕自己承受不了。

这两次回避在我的心里都产生了不可估量的影响，我发觉了自己内心更为"阴暗"的一面，也正是怯懦所把控、所侵蚀的一面，我在那里节节败退，不能自已。很多自然而然的感情都变得诡异无比，让我无法自然而然地表达出来，我就像被它勒住了一个隐秘的喉咙，也许就是我真正的喉咙，让我无法发出一个正常人的声音，在这个世界面前，我成了一个哑嗓的人。这样的恐惧变得越来越严重，直到有一天，我忽然发现自己无法接受亲人受到的伤害，我无法面对他们处于痛苦中的情形，那种痛苦被扭曲之后像老树的藤蔓一样缠绕起来，使我动弹不得，感觉自己受到了比他们还要严重的伤害。致命的是这种伤害却没有伤口，难以修复，它就像火一样在我的身上热烈地燃烧着，发丝被烧焦的声音，皮肤被烧坏的气味，肉体化成灰的样子，那么真实，却没有人可以拯救，我在自我的伤害中无法自拔。

　　这个时候星忍受折磨拯救无望的样子便会在我的眼里清晰显现，它仍旧那么痛苦，没有因为我受到了应有的惩罚而充满变形的快感。它的眼睛已经没有了往日的脏污与浑浊，变得明晰清澈，就像未谙世事的孩童的眼睛，那么单纯的眼光扑在我的身上，丝毫的坚硬和锐利，就像它未曾褪尽的绒毛……

## 四

　　我仿佛陷入了无物之阵。

# 五

　　星出事之后，我们家很长一段时间没有再养过狗，家里冷冷清清的，只有满屋子的鸡整日闹腾，走廊下的狗窝不知道什么时候也被父亲撤平了。有一次从学校回家，母亲说，那天她在池塘边洗衣服，一只流浪狗安静地走过来，趴在她的面前不走了，她洗完的时候它也跟着爬起来，对她摇晃尾巴，仿佛已经在这个地方等了她无数次。母亲把它带回家，给它喂饭，然后问它是哪家的狗，它就那么安静地摇着尾巴，好像母亲问了多余的话，它听不明白。最后母亲说你是哪家的狗就回哪家去吧，它好像听懂了，对着母亲摇了一阵尾巴后，默默地从家里退出来，消失在门口的岔路上。

　　末了母亲轻声补充了一句，乡间的老话说，狗来财。

# 猜测上帝的生活

一

单行道车辆稀少，路灯昏暗，似乎行人也避让了，稀稀拉拉各有心事，相对无言低头而去。经久耐用的方格砖把底部的泥土翻上来，隔不远塌下一块，砖头东倒西歪，就像满怀恶意，等待着那些三心二意或漫不经心的人，随时准备来一下，让他们尝尝生活的脏污。亚热带的密叶树木分布在路旁，昏暗的灯光映现绿色，透出新鲜树叶的经脉，脆弱而真实，为夜晚的道路笼罩了一种隐秘的气息。他就在淡绿的光影下，在高大板根切割出明暗的树窝里。

路这边的店铺半开半闭，店主面目慵懒，对行人无动于衷，握着手机，把一具具肉身留在原地。树应该都上了年龄，一排望过去，高高低低的板根错落有致，这个城市另外一条主干道两边专门开辟出很多景观，一段一段，比如藤蔓植物景观、棕榈树景观，其中就有板根景观，我数次经过那里，竖着牌子的地方树木幼小，根本还没有形成板根，它所要宣扬的东西仿佛不争气似的，全部藏在自己的寂静与孤独里。这条路上的树从一块块没有铺地砖的方格子里钻出来，除了它自己，没有任何其他的植物，所以他才能安然地蹲靠在那儿，裸露的泥土上扑着黑黑的影子，树身干净，曲形的板根像一双大手将他抱在怀里。

他戴着顶瓜皮帽，一看就是上了年纪的人，穿着浅黄的土布衣服，弓身驼背，目光斜靠在地砖上，脚上踩着一双布鞋，和脚下的泥土不甚分明，灯光轻缓地铺洒在他身上，在春天清凉的夜里，流淌着一股暖意。他的怀里抱着一把二胡，一手摁弦，一手拉弓，舒缓的音乐在缠着蛇皮的音箱里喷溢出来，却听不出是什么旋律，这些老旧的东西在这个时代已经过时，关于它的点滴散落在混乱的记忆深处，数出《梁祝》《二泉映月》，便好像已将脑袋掏空。他的姿势，他隐藏在额头倾泻的暗影里，许久不变的双目，可以猜度他沉浸于自己制造的音乐里，这或许是漫长时光压榨之后，他所能交付出来唯一的东西，那么形而上，是路上奔驰的单一声调的另一种节制呈现。仿若那些采集光影的人，在乏味刺眼的光线里分割出异彩，在一颗裹藏的心灵的操控下，引人入幻境。他也许另有所想，在这条音乐之河里思绪难抑，回想往昔、爱情，或者白天的苦难，他屈膝、咆哮，或者静坐，一切都被河流所吞咽、咀嚼，最后化为平静。在这个夜晚飘逸出来，与微风缠绕，在微光里游行，像一群无形又不忍离去的鱼群，荡漾的水波以他为圆心。

身前的小碗将一切交托无遗。小碗总是无法装满，碗里总是无法出现面额大一些的钱币，只有零星的硬币和浅绿色的纸币，夜晚的灯光洒进碗里，好像绿色又深了一些。这种绿颜色却没有树叶般的活力，它淤积在粗糙的碗里一动也不动，像是残渍留下的霉斑，多少会让无意看见的人心生厌恶。但路过的行人有几个能视若无物呢，遇见行乞或卖艺的人，差不多都会不由自主地扫一眼他们的碗钵，但仅仅只是看一下罢了，他们早已被世间的不善所拖累，与其被伪善欺骗，大部分人选择压住内心的善，而以怀疑和冷漠应对。因而那些就要经过他的人，通常在两三米开外，就会从走踏的这排地砖换到另一排，尽管前路平坦，他们还是走出了一个优雅的弧形，且不回视，那些鱼群一般的乐音忽然变成了一股无法摆脱的气味，在他们的身后回旋、消散，他们并不需要它，有的耳朵里喷洒着摇滚的旋律，有的专注于电话那边甜蜜的耳语，有的像一个梦游的粽子，直到他面前才恍然发觉。

　　我时常就是这样的一个粽子，也时常对依凭残缺伸手讨要的人群敬而远之，他们游离在这个城市的各个角落，不经意就会出现在面前，让人措手不及。但我并不排斥凭借一技之长在街巷里讨生活的人，某种程度上我们都一样，我尊重他们的劳动，就像期待他人也能如此待我，甚至在初次见到他们时，我已决心以一个听众或观众的要求，主动给予他们微薄的回馈，我曾因此迁怒于自己的无力，就像遇见世上一切令人遗憾的事情，除了自责，几乎没有其他选择，软弱的人从来如此。

　　二胡的声音牵着我走到他这里，这个瑟缩在板根窝里的人始终没有抬头，墙板一样的板根包围了他的大部分，他只有三分之一显露在我面前，微光照射在那双黝黑的手上，那么坚硬的颜色，似乎一切都无法将它穿透，更遑论被它紧紧包裹住的内里，只有琴声悠扬，如虚无的流水安抚着夜晚，我躬身在墨绿里投入一点紫，随即又在乐音中化开，一圈圈的涟漪如推叶片般，将我越送越远。

## 二

他每天都会出现在同一个地方，清晨或傍晚天气稍凉的时候，会扣上一顶帽子，草绿色，大多数人军训时都曾戴过；这是一种廉价、劣质的迷彩帽，因长久没有清洁而遍布污垢，远远看来迷彩却更加鲜明，端端正正地佩戴在毛发稀疏的头顶，露出一张黝黑的脸。他的脸从未有过完整的表情，比如拉动额头的纹路、带出眼角的褶皱、拧眉、眼珠活泛流光、多于八颗牙齿的笑容，这些仿佛永远无法在这张脸上呈现。

更多时候这张脸更像是一个面具，一个与所谓的"脸"完美合一的道具，而他就躲藏在这个面具之后，偶尔会"露"一下脸，短暂的时间里可以看见他的眼珠滚动一下，抿抿嘴唇，接着近于无声地朝向堆满各色废弃物的三轮车，低头对着车座的部位唱歌。也许没有人真正听清了他唱什么，反而更好奇他的唱姿，弓着身子，双手舞蹈般向前一伸一曲，仿佛劝世之人，尽管苦口婆心，但仍然无法说动在场的任何一个。他只好将目光转向虚空，一些不会撇头、不会离去的事物，它们不会厌烦也不会反讥，能够虚心听他劝诲，因而也不会给他伤害。

真的不会有人给他伤害吧，他不是环卫，更像一个拾荒的人，每天比准点的上班族更早出现在这个"T"字形的三角地带，却要比上班族更晚离开，带着两三米高的纸板杂物，摇摇晃晃消失在暮色笼罩的十字路口。这里是城市最为破漏、最想遮蔽或改造的地方，自建房屋歪歪扭扭地挤占原本狭窄的巷子，越往里路便越窄，最后成为一个金字塔尖的模样。往上攀升的楼房用倒金字塔来形容也相差无几，有限的基地上建起一层后，第二层开始就往外挑出一米多，每一个窗台又钉上防盗网，有的再外挂空调或抽油烟机，原本隔门两三米的租户，到楼上打开窗子就可以握手而谈了。每天租住在这里的人三三两两最先打破城市的寂静，随后便慢慢热闹起来，独来独往或拖家带口，开始往外丢生活垃圾，不一会儿他的面前就会被各色的垃圾袋包围。用"包围"没有丝毫的夸张，时常他的三轮车上已经捆绑得摇摇欲坠，他还在低头翻捡着那些未曾挑拣出来的废品。摆在他身旁的垃圾更像是摆上餐桌的饭菜，被他挑挑拣拣之后，只剩下小小的一堆，其余的东西被一个神秘的胃口消化了，只有这一小堆残骸，再无法提炼价值。最后他也会将原本杂乱的地盘收拾好，临走前变得干干净净。这个地方需要他，进出巷子的人并未露出嫌恶的表情，反倒是穿过十字路口朝这走来或是往十字路口而去的行人，路过时都小心避让，并不时回头看几眼，他也已经将这块场地当作家了。

这个城市位于南方少数几个最靠南的省份之一，夏季时间几乎占了大半年。他与其他拾荒者不同之处，就是不沿着街道挨个垃圾箱翻捡过去，仿佛无处归依的游魂一样浪荡在大街上，甚至探头探脑在垃圾桶里翻找的时候也没有见过。他就守着一块地方，停下车子，在车身上支起一把大大的遮阳伞，顷刻在阳光里挖了一个洞，车座便完全陷进阴影里。所有的废旧物品都像是自行跳上他的三轮车上似的，没多久就装得差不多了。他不懒散只是也不辛勤，每次到手的废旧东西，都会被拆解开来，"上帝的归上帝，凯撒的归凯撒"般分配好，缓慢地把线路上的铜或铝与塑料分离出来，把没有喝完的矿泉水拧开倒掉、压扁，把木板、纸板和泡沫分别捆在一起，把笔、损坏的玩具、玻璃珠这些小玩意单独放开来。做累了他就席地而卧，靠着纸板，或者一条乌黑的毯子，身边都是没有整理完的垃圾，苍蝇在他的身上飞落又飞起，从未见他驱赶一下。有时候车斗还未装载，他就仰躺在里面，因为太小，双脚被围栏高高架起来，和任何被他丢进车里的废品一样，他随手也把自己丢了进去。有几次阳光猛烈，他弯腰钻进了车底下，勾着拖鞋的两只脚曲折地伸出来，把匆忙赶路的人吓得往边上跳，但他依旧泰然自若的样子，几个钟头一动不动。

他没有成为附近住户的谈资，也未曾遭受到他们或城管的驱赶，没有人打听他的来处，也不关心他的去往。他时常端起别人丢弃的快餐盒，挑挑拣拣吃进一些，但似乎从来没有因此生病，每天还是像上班族那样赶到这个一无所有的地方，稍微安顿，便开始了一天的营生。从没看见枯坐在巷口晒太阳的老人和他说过话，他们依靠着早已被摩擦光滑的墙面，眼睛半闭，似有似无地注视着擦身而过的人，没有人经过时，他们也会长久地注视着他，即使目光对视，也不流露好奇、亲近，彼此都是最熟悉的陌生人。然而他似乎也并不孤独，在杂味熏天的物件里翻来翻去，丝毫未受影响，仿佛这些气味完全不存在，他手里拿起放下的，如同菜市里的蔬菜，颜色鲜艳有样子，他的眼神里好像也流露出了亲近。偶尔还会有流浪汉从别处来到这里，他时常会端出一些剩菜残羹来招待，他们欢笑着吃完，便躺在这些快餐盒旁边，交头接耳，说着不甚明白的土话，远看像难兄难弟，近看又像朋友知己。有几次一个穿着干净的醉汉也加入进来，三个人席地而坐，一瓶白酒对着一些吃食，谈笑风生。好像凭空多了桌子椅子，多了楼房和空调，他们端坐在自己家里，所有行人都是从他们的世界之外走过，犹如飘浮不定的游云，怡然自得。

　　每次从外面往回走，先在主干道转上有坡的岔路，顺着斜坡走上去是一只拴在水泥墩子上的猫，毛色枯黄，了无生气，天气舒爽时会爬到主人搬出来的空椅上睡觉，傍晚天黑就钻进放倒的纸盒子里，等着开超市的主人关门，把它锁进去。接着要穿过一家小餐馆，不大的店面却时常聚集了乌压压一群食客，晚饭时外边的路面也摆好了桌子，每张桌面上都坐着个铝制面盆，盛着满满一盆酸菜鱼，每个人都在狼吞虎咽。再往前走就会遇到他了。也许他的年纪要比我大一些，可以叫哥或者叔，但只是想想罢了，他站着的时候时常都背着人，捣鼓着三轮车上的零碎，见谢的头顶也与肤色相同，套在身上的迷彩服沾着尘屑，应该是刚睡醒不久吧。

# 三

好像从未有人与他说过话、打过招呼。

虽然是个文化单位，但在食堂里和饭桌上，却常常给人
进错了门的印象，闹哄哄一群人，端碗、打饭乱糟糟的，转身
就会撞到人，女性优先的优雅也被丢到一边了。也许不该苛
求，在这样的单位里女性似乎更占优势，男性反而有些"弱
势群体"，食堂也不多做饭，只能先到先得，由此大概也管
不了礼貌或礼节，活命要紧，但校园里排队——这个时常被
当作文明标志——的景象是少见了。男人们好像在办公室里
压抑了半天，坐上餐桌便"咆哮"起来，天南海北，上天入
地，国内外局势没有谁比他们更了解，动不动就要灭这个灭那
个，时不时就要夹杂几句粗口，国骂反倒显得文雅些了，仿佛
谈论这些不加上这样的声调和口气，简直就没有男子气概。

我时常会有意无意拖延去饭堂的时间，可能天生没有与人
争抢的性格，宁愿在大部队变得稀稀落落的时候，装起电饭锅
里煮烂的饭，然后随便找个地方吃掉。可是这样子也时常有尴
尬的时候，饭堂里已经满满当当坐稳了人，要找一个位子着实
不大容易，又不愿单独与女性围坐在一起，这让我变得犹豫，
端着碗多找几次才能最后坐下来。有段时间我坐在那个最大的
餐间里，所有的大桌子都坐满了。午饭时间成为这个单位最活
跃的时刻，调侃、卖萌或高声谈论，仿佛每个人都找到并融入
了一个属于自己的群体里，唯独门口的小"课桌"始终空着个

位子，选来选去，还是和他面对面坐在了一起。

　　他是一个安静的用餐者，对周围的喧闹和讲述的各类事情并不烦躁与好奇，我想并非缺少朋友或餐友的缘故。他也是所有用餐者里年纪最大的，估摸有八十多岁了，银灰色的头发依然茂盛，国字脸上是漫长岁月蜷曲的皱纹，眼神还是很有力量，只是丧失了着力点，对人单只看一眼，便低下头继续吃饭。他的牙齿应该还很有嚼劲（换了假牙也未可知），与饭堂里所有人分享同样的吃食，每次都能吃干净，他的碗是老式的搪瓷碗，外面花白相间，手感较重，肚子要比开口大一些，像一个钵，看着也用了许多年头。而别人用的都是轻便材质的不锈钢碗，因为属于公家财产，退休之后碗会被新进来的人所"继承"。他一手护碗，一手握着调羹，一勺勺将饭菜送进嘴里，细细咀嚼，慢慢吞咽，金属调羹与搪瓷碰撞的声音，是他用餐时发出的最大声响，在这个欢闹的空间里，一下下撞击着我的耳膜。

　　我初来这里，除了部门同事和其他有限的几个人，绝大多数的人于我而言都是陌生的，单位的人事变迁与蒙灰往事也概不了解，只是这样面对着一个老人，竟让我惭愧不已。那是内心最深处发散而来的愧疚，一种作为晚辈甚至是子孙的负疚，缘何让这样的一位老人在该是尽享天年之时，还要蹒跚着来到食堂，在哄闹的空间里咽下无差别的饭菜？我无法知晓他，咽下用以维生的米饭之后，是否还暗自咽下了什么，一些难以言表而又不愿吐露的东西，甚至是一口叹息、一阵疼痛或一阵快慰。在共享食物的人群里，却没有一个人能与他共享内心，一个步入迟暮之年的老人的内心！我想到了他的子孙，他们是怎样的一些人，在围着饭桌分享食物与快乐的时候，是否会想起这个老人。爸爸，或是爷爷，是什么缘由让他们决定，撤销他在桌边本该有的一个位子，那个颇为重要的位子，如今又是谁安坐着呢。他会是一个暴躁乃至无情的老人么，极致到子女也无法接纳的地步？抑或是他们在很远的地方生活与工作，只在单位不开饭的周末，将他接回家里照顾？这些我无法看见，所以也不能否决，我只是不愿猜想那些更为冷酷的境地，让他独居的种种，那样的猜测是如此冒昧乃至冒犯，我有何权力胡乱揣度别人的生活呢？

谈笑风生的人们并没有谁主动与他分享，他们的快乐和他没有丝毫关系，他像一个局外人，只是偶然要与他们共用一间食堂，这更像是没有办法的事情。两相对照之下，反而因他的无言，倒像极了一个满怀心事的人，而他们似乎也找到了与他敬而远之的理由，找到了交谈甚欢的理由，也找到了将他彻底遗忘的理由。第一次坐到他面前我似乎便全然获悉了一切，不需要谁的暗示、提醒，对视的第一眼已让我羞愧不已，那并非他所强加给我、无法摆脱的情绪，而是我尚未丢弃且人所共有的情感。我忽然理解了在场的所有人，理解了端坐他面前意味着什么，也切身感受到了将碗中的米饭咽下，只是完成了吞咽的一部分，还有无法估量的一些东西，也随之咽进了我的身体里。它们并不如食物一般香美，有时会难以下咽，甚至令人反胃。

我低头扒拉着碗里的饭菜，无法抬起头看他一眼，他似乎也正专心致志于眼前的午饭，它也许就像他曾经要完成的所有工作一样，成为他要攻克的一个堡垒，只有将它拿下才能算作胜利。他先我而来，我吃到一半时便听见他的勺子刮擦碗底的声音，接着喝完了小碗里的汤，我下意识把面前的餐巾纸推到了他那边，听见他和善地说了一声"谢谢"，我以微笑作为回应。他捡拾好桌上的餐具，推开椅子站起来，白衬衫里的身体已经微驼，左手撑起一根木手杖，右手端起碗筷，举步前对我说："小伙子，你慢慢吃。"

## 四

在我所租住的那条街道，有一个小动物协会，时常看见一些人带着自家的猫狗进进出出，有的大概是给宠物做护理，有的要出门，便临时将自家的宠物寄养在那里。协会二楼的窗户全部糊上了一层动漫片里猫狗的照片，白天半开的窗户常常传来狗的叫声，没有风的时候，那里也散布着一股特别的气味，那是房间里所有动物一同制造出来的。也许正是这个缘故，紧挨着宠物楼的小餐馆已经换了几任老板，现在它的落地玻璃上还贴着店铺转让的信息。

这个房间里住着一条无人认领的狗，是西伯利亚雪橇犬或萨摩耶，它的毛始终蓬松、灰黄，像幼犬成长时要褪去的那一身雏毛。它很喜欢隔着铁丝网做的栅栏朝屋外张望，半个身子露出来，不鸣不吠，看着路上的行人，眼神从一个人身上跳到另一个人身上，最后望向被墙体阻隔的拐角，仿佛期待着下一个人到来。有那么几次，我故意放慢脚步，吹起口哨或者发出怪异的声响，就为了能够吸引它的注意，然而它只是多看了两眼，目光并未在我的身上停留一秒，便又扭过头看向另一处，我顺着它张望的方向看过去，却并没有看见更为吸人眼球的事情。它只是那么执着地张看着，我每次路过那里，几乎都能看见它的身影，其他的猫狗软趴趴地伏在地板上睡觉，只有它好像对外面的世界充满了好奇，只是它的眼神里似乎还有除了好奇之外的另一种东西，也许是期待，可是它在期待什么呢？

重新回到这个城市时，我想租住下来以后就养一条狗，只是事情并未朝着我希望的方向走去，我最后落脚的地方是一楼的一室一厅。春天的几个月里，室内阴暗，并且潮湿无比，透明的水从地板之下洇上来，在墙边慢慢聚成一摊，长裤子洗好晾上窗台，没有两天，便有一种腐坏的味道从窗外扑进来。干净的水尚且会腐坏发臭，我又如何能让一条狗生活在这里？这段日子经过小动物协会门口，看见它，又开始萌生领养它的冲动，犹豫间，想到它是否就在等待原来的主人呢，假如果真如此，那又会是怎样的一个故事？

## 五

买回来的薄荷由绿变黄，我给它浇水，搬到太阳下，有时候也陪它一起晒，有一根细株抽得特别长，两边的叶子慢慢变大，变绿，心却死了。

# 亲切的水

## 一

大化的水九点钟才醒来。

当量级小一些的巡逻艇在我们的身后突然加速，将明净平滑的水面倏地推开时，我忽然明白了活动主办方，为何要将我们早早唤起，带我们来到这样一个神秘所在。

为了给我们一个惊喜，大化可谓"别有用心"。在活动的前日，我和从南宁出发的其他老师会合后，坐车前往大化，大巴还未驶出南宁市区，便堵了起来。车内的冷气很足，但车外阳光猛烈，热浪在目之所见的地方涌动，看在眼里，也如身临其境，不知不觉间就燥热起来了。一路下来，已饱尝南方夏日的滋味，身上扑出一顿臭汗，仿佛蒸了桑拿，清洁出我们体内的污垢。为了迎接我们的到来，大化得天之助，将酷热留在了县境之外。

一夜之间风云变幻，次日清早我们来到大化水库，灰色云层潮湿的棉花般簇拥在天上，若近若远，往前的步子稍微快一点，就能感觉到清凉的风吹拂而来，饱含着库区的水汽，让外露的肌肤瞬间清醒。我们穿过岸边的房屋，逐渐接近一片青碧，那被草木染绿的水，是我难得一见的水。水边的台阶湿滑透亮，好像在此处守候了千年，停靠的船只不起不伏，好像已然属于水的一部分，因为我们的到来，清澈可见的水底下鱼虾潜游，好像惊扰了一场好梦。

那是怎样的水呢？阔大？幽碧？清凉？好像哪个词都苍白乏力，不能描摹其万一。它更像是一片柔软光洁的玻璃，把头低下去，既能看见自己清晰的影子，又能一直深入其中，没有杂质，从明净到幽暗，从透明到碧蓝。它安静，如同一只温驯的羔羊的眼睛，恬静而好奇地与我们对视，它温柔，当你伸出双手抚摸，你就会感觉到它在你的掌心里蜷缩着，让你不忍将手抽出。

## 二

在此之前，我有两次与水有关的经历。

读研时来到广西，第一次踏上这片陌生的土地，便有一种莫名的亲切感，它的山水如此奇异。它既是一个西部省区，也是一个沿海的省区，但在我眼里，此行并非向多山的内陆前进，更像是朝广阔的大海奔来。不久之后，我也终于成行。

不知有多少人会有我这样的体味，尽管不是生活在江海岸边，江南还是有足够的水，琥珀般遍布在大地之上。我们日常与水相处，饮取用度，洗浴潜浮，多少会滋生出自以为是的心绪。我以为对水有足够的了解，万般亲近之后，就会渴望更多，那种有了井水后对池塘的渴望、有了池塘后对江河的渴望、有了江河后对湖海的渴望。我以为能够驾驭一切水。不管它们如何阔大，如何幽深，平静抑或动荡，我都能如矫健的弄潮儿，浮游其上，无惧无畏。

大巴将我从南宁送至北海，再到银滩，面对汪洋无际的大海，忽然有了渺小惶惶然之感。仿佛以前见过的江湖都不再是江湖，只是从大海取一瓢，随意泼洒在沟谷中，盈盈满满，便成为尘世里无尽的亮色。我脱下鞋袜，从沙滩进入海中，感受浪花，海风，感受水体的涌动，还有不见甘甜却比盐更为晦涩的咸。当我登上轮船，终于驶入大海，看着海岸逐渐变成一条线、消失，周围都是漫向天际的海水，以及随着波浪摇曳的水光，一种恐惧触电般从脚底蹿上来，迅速渗透了我的身心。我从未因水的丰富感到害怕、退缩，在水的面前不堪一击。

另一次经历还要往前追溯几年。那时刚好大学毕业，像很多人一样，我也为自己准备了毕业旅行。可以用"穷游"来形容那一次旅途，我坐了几十个小时硬座来到兰州，去见一位同样即将毕业的朋友。

火车经河南入陕西，经过三门峡时，那片土地的地表环境与南方就有了很大不同。能够眼见的水资源越来越少，河川越来越深幽，石山与尘土随处可见。火车深夜穿过西安，清晨醒来时，仿佛真正进入了黄土高原。地表残留着河道沟渠，却不见水，不知是时节的缘故还是早已干涸，火车穿过土丘，遥远之处也是灰蒙光秃的土山。朋友当时也是本科生，不在市内的校本部，而在榆中县另外一处校区，乘校车往来。

兰州有黄河穿城而过，尚能看出水的滋润，榆中在我眼里却是满目荒凉，一路上全无水的踪迹，犹如水从未存在过一样。大地的色彩单调，树木稀疏枝叶耷拉，房屋矮小尘土覆盖，黄土大片大片地裸露出来，成为土丘，也成为群山。我对那个晚上仍然记忆犹新。也许是在江南生长，江河浸润，入夜前我感到焦躁不安，总是感觉体内和身边缺少了什么，是水。我从小卖部抱回来一大堆瓶装水，摆放在我的床头才安然入睡。西北的夜空却分外绚烂美丽，群星在银河里熠熠生辉，像海面的光点，起伏闪烁。西北的水在天上。

## 三

大化的水直击心灵。

这种感觉并非惊惧，不是我在西北感受到的干涸与灰暗，是湿润，更确切一些说，是浸润。它不仅浸润着大化的山岭草木、飞鸟走兽，也浸润着生活行走于这方土地的人。这种感觉也并非无边无际所带来的恐惧，它没有大海的浩瀚，却超过了湖泊的体量，幽深而不隐匿，平静而不激荡。它就像山谷里隐现的薄雾，空灵、轻盈、纯净，人畜无害。

大化之水是亲切的水。当我们登上轮船，清幽的水面随着船体的摆动而起伏，沉稳而不喧哗，一波安静地推着另一波，向着远处平展的薄雾涌去。那层清白的薄雾，因为水面的轻扰，而涣散，轻飘，然后又融为一体。一切都宁静无比，仿佛沉睡在一场无人搅扰的长梦里，山是青翠的山，水是清澈的水，树影倒映在水面，雾气氤氲在山中，山水浑融，超脱世外。我们的加入，让这个明净的梦有了鲜活的色彩，轮船巨大的推力带动平静无澜的水面，继而那波浪也有了鲜明的层次，在我们的周围不断铺展，一浪追着一浪，拍打远处的堤岸。水面薄薄的雾气，不知何时也如轻烟般纷纷上扬，视野忽然变得朦胧，还来不及消散，就与我们"迎面相撞"，就像对着一台天然的加湿器，一切都变得清爽起来。那一刻我已然分不清，是大化的山水因为我们的闯入而从大梦中醒来，还是我们乘着清晨的轮船，驶进了山水大化的梦里。

如果真有一个词，可以形容在一个清凉的早晨与大化之水的相遇，那只能是"醉"。是的，当我站立在轮船前面的甲板上，迎面而来的雾气，浸透了我的每一寸皮肤，前面是平静如镜的水面，后面是璀璨飞溅的浪花，前面是曲径通幽的胜境，后面是云遮雾挡的朝阳，每一次呼吸，都有无数清净的空气充满肺腑，每一次举目，都有不同的风景映入眼中。我不再说话，专心致志地吐纳，我的身上似乎长出了无数的根须，就像山水间的草木，汲取此间的阳光雨露和性灵奥秘。山水悠长，我也醉了一程。

我不时俯身，探头观望被船身劈开的水浪，那些被风带落的叶子，从水面卷入水下，仿佛从一面翻到另一面，从这一条河，卷入了另一条河，在水下流淌，也就是在另一条河的水面流淌。如此洁净而亲切的水，来自天上还是深埋地下呢？大化的人与物，何其有福，在无比优美的山情水境里生活，就像活在仙境中。

尽管水面阔大，我还是感受到了大化之水的魅惑，无关恐惧，而是亲切，让我不禁想把手伸进去，把脚也伸进去，甚至想整个人都没入其中，感受水体的浸润和挤压，感受它的柔软与清凉。它一定就是想象中的那样，亲密而不热烈，主动而又纯洁，它可以涤净世间的一切脏污，也能够给人永远的宁静。

看着渐次明亮的阳光下，轮船驶过的水面波光粼粼，我想到水与人的关系，人乐于亲近水，想必水也乐于亲近人吧，那些在我们身后久久难以平静的水，不就是一颗颗久久难以平复的心吗。

# 复活的祖母

2007 年仲夏，二姐出嫁前一天，我们一家为婚礼忙碌，沉浸在喜悦里，却传来祖母去世的消息。

父亲脸上的愉悦，瞬间被一团灰云取代，松开没多久的眉头，又紧紧拧在一起，恢复到往常沉默哀苦的样子。即将成为新娘的二姐，眼泪止不住从脸上流下来，就像断了线的玻璃珠子。母亲悲苦难当，不禁悲愤地咬紧牙关，说祖母怎么那么不懂事，死也不选一个好的时间。我知道这是多么痛苦而无力的语言，除了咒骂，还有什么能够疏解犹如晴天霹雳降下的悲情呢？

我们整理好情绪，在父亲的带领下，来到三伯父家，在一楼的偏房里，看见了地上扭曲僵硬的祖母。房间里只有简单的床铺，一床年久变色的席子歪了，用来驱赶蚊虫跳蚤的药片磨成了粗细不一的粉末，洒了一地，还有一股弥漫的尿臊味，地上湿漉，有呕吐物，祖母就是在这样肮脏的地方，极尽痛苦之后，走到了生命的尽头。

不轻易落泪的父亲脸庞早已濡湿，我们更是哭得不像样子，跪在祖母面前，磕下或轻或重的头颅。不久，火葬场的车子就开到了门口，几个人把祖母安放在担架上，又抬到当作殡仪车的面包车厢里，感觉不多久就到了火葬场，排队等候火化。当时跟车前往的人，有父亲，姑父，三伯父，还有我。

婚礼如期举行，作为小弟，依照当地的风俗，我要在祠堂拦门，收到新郎红包后再打开，然后再将二姐背出门，这样闹一闹，显得欢乐和喜气。那年正好高考，我首次填报的志愿皆未录取，婚礼结束后，正好是补报志愿那几天，我来到县城，住在二姐家里，未曾回去参加祖母的葬礼。我忘记了当初的心情，但还记得，我特别不想出现在那样的场合，虽然她是与我有骨肉血缘的祖母，一个被病痛折磨、被家人嫌弃而又渴望快乐的老人。

　　祖母的突然离世，让我想起二姐结婚前，她曾说自己没有钱给二姐压红包，我曾觉得这只是一件无关紧要的事情，如果她能够出席二姐的婚礼，坐在酒席的上位，带着甜甜的酒窝注视着成为新娘的孙女，那便是二姐无上的幸福。谁又在乎没有收入来源的祖母，还会掏出一笔钱作为深切的祝福呢。但她并没有成全二姐，没有见证对孙女的一生而言，极其重要的一刻，而是选择了在她婚礼的前一天，吞服杀虫药片，让自己在痛苦不堪的境地中死去。没有道别，也没有尊严。

　　我不知道她为何会这样选择，还是被迫这样选择，死好像可以消弭一切，把一切矛盾与斗争的焦点化为零，也消除了一切好转的可能。往事回想起来，不禁感慨一切消逝得太快，还未等我们真的可以承担了，便已成为不堪回首的过去。

　　也许是死者为大，也许是不愿再多想，一个家族都想尽快息事宁人，仿佛这种自戕行为，并非发生在我们身边，仿佛纯良美丽的祖母，安详地死在温暖洁净的床上。

而我总是忘不了这个场景，我已然回避了十年，但每每有人提起祖母，或者自己忽然想起她时，首先浮现在脑海的不是她佝偻双肩，背着手走着，脸上展开慈祥的笑容，而是她毫不体面，在地上挣扎僵硬的样子。

我无数次自问，这是我的祖母吗？尽管她有折磨不堪的慢性胃炎，不停吃药，咽喉就像一个风箱咕噜噜响；尽管两个儿子像踢皮球一样将她踢来踢去，在这里住一个月，在那里待一个月，两边都有床铺，却两边都没有家；尽管婆媳关系一塌糊涂，不断争吵，咽下不堪的谩骂与羞辱；但她仍然是热爱生活、疼爱我们的祖母，她珍惜每一个阳光灿烂的日子，洗那一头银白的头发，晾晒她的衣物和唯一的皮箱，她会偷偷拉住我们，把别人送她的吃食塞到我们手里，甚至我们哭闹着从她手里拿到钱买零食的时候，她忍不住也会被我们逗笑。只是，为何这次她却选择如此决然的方式，折磨自己，也折磨后人。

这或许是一个我完全陌生的祖母。她把自己隐藏得那么好，让所有人都没有料到，如此虚弱的人，竟然还有摧毁一切的勇气，当我面对这一幕时，首先感到的是刺痛，尖锐的痛苦闪电般击中内心的最深处，随之而来的却是疑惑，吵吵闹闹那么多年，是什么成为压垮她的最后一根稻草？

我也像他们一样，尽量不去回想她，哪怕她曾是我们餐桌上的一员，坐在主席位上，如今依然如此。每到年节时候，简单地准备好酒肉祭品，尾随着父亲去到牛牯岭，在平缓蔓生杂草的山坡上，在一些新墓间找到那座老墓，除草，压纸，焚香，祭拜，烧纸，点一挂爆竹，看着墓碑上逐渐变模糊的字迹，然后转身离去。夜晚准备正餐时，主席位上摆一双空碗，放好竹筷，摆上装酒的杯子，便算打破了生死间隔，满家团圆。这些避免不了，因为每年都如此，每年都有固定的时候回想他们。

这种软弱带来的直接后果，就是逝者如所有消失不见的事物一样，离开了我们的日常生活，哪怕在偶然翻开的旧相册里，也难觅他们的踪迹。他们的音容笑貌，癖好和缺点，由立体而平面，由平面而抽象，由抽象而死亡。这是最后的死亡，犹如《寻梦环游记》里所提醒与暗示的，当活着的人不再想起某个逝者，逝者将无法获得永生，他将在死后经历第二次死亡，被一张万劫不复的口所吞噬。这将是我们永远的罪过。

我不知道祖母死去后，是否后悔，后悔于那个轻率的决定，也后悔于这种被遗忘的命运。她生前所有的东西，床架与床板，被寝和衣物，甚至漱口杯、小皮箱、鞋袜以及她收集的一切，都被后人一点点从房屋里搬出来，丢进某一口池塘，任其浮沉漂流，水体涌动，仿佛正加速溶解她的一生。

在我的记忆里，祖母是只有后半生的人。

当时她还没有选择走最后一步，家人也不敢当着她的面，讲述她的过去。当时最为人所知的，是她如何吃苦耐劳，如何在祖父丧生后，没有带着孩子改嫁，而是宁可守寡，将子女拉扯成人。

事件的讲述者通常都是大伯父。也许是长兄如父的缘故，也许他和二伯父对这个家也尽心操持，酸甜苦辣在亲人团圆的饭桌上，冲击着大伯父的心胸，每当他说起那一段艰难岁月，说起祖母所受的辛苦，声音便哽咽起来，然后泪流满面，桌上的人无不因此而放下手中的筷子与酒杯，偷偷抹去眼角的泪水。接着是父亲或者另一个人，就会试图安慰如孩子般哭泣的大伯父，这样的时刻会持续半个小时，直到心绪难平的大伯父重又拾起筷子。

他是一个感性浓重的人，我在这个家族中尚未发现第二个，但因为生活的重担压覆在肩上，他没有时间抒情和惆怅。只是到了晚年，当矽肺让他呼吸困难，被困在单位所属医院的三楼，无处可走时，他才流露出浓烈的感伤色彩。一切都是因为祖父离开得太早。

我心里总是在默默推算时间，因为祖父缺席得太久了。这种久早已超乎可以接受的范畴。在父辈们的叙述中，祖父只有一个影子在我的眼前晃动，甚至没有一个清晰的影像。我想父亲的脑海里这种影像差不多也消失了吧，毕竟在他尚未记事时，祖父就已坠入江中，永不复返。那是赣北的一条江河，当时祖父正值中年，在第一段婚姻里有了大伯父与二伯父两个儿子，当时都已成年，祖父在铜矿站稳脚跟后，就开始了打算，一步步将大伯父与二伯父接了过去，成为国家工人，当他准备将祖母和三伯父与父亲也接过去时，因为一次外出捕鱼，最终葬身江底。

一切来不及美好，一切也来不及团圆和幸福，祖父的生命便戛然而止。

从此，一个家分成了两部分，后来又分成了三部分，然后更多。大伯父和二伯父分别在矿里做矿工和牙医，他们在赣东北相依为命，而在赣南乡下的祖母，带着几个孩子在田里挣工分，在地里刨食，因为没有主心骨，在村里总是被人看低，要强的小姑也是在那样的环境里，养成了男子般的性格，在村子里无所畏惧，忍耐刚强。

这段历史早已被时间的尘埃所掩埋。偶尔会从大伯父或者父亲的口中，听到一些零碎的言语，然而只是只言片语，无以继续的求学路，过早投入繁重的体力劳动，梦想与抉择，渴望与生存。每个人都在放弃，但每个人都在隐忍，都在默默承受生活的鞭笞，尤其是祖母。

在时间沉闷的重压下，父亲变得犹如一头牛。他少言少语，紧闭嘴唇，以不知疲倦的方式，为这个家庭默默奉献自己的体力。父亲写得一手好硬笔字，但他只有体力可以出卖，也只有出卖体力能够让一家人生存下去。年幼失父，生活又如此沉重，父亲变得沉默无言，祖父在他心里，究竟有怎样的分量，是否曾为他的突然离世，感到愤愤难平？为何在后来的几十年里，我几乎从未在他口中，听见他说我父亲如何……

而记忆又是如此脆弱不堪。

因亲人间彼此缺少沟通，也因各自成家后，之前的那个家逐渐在心中变淡，地理上的距离感带来了心灵上的距离感，然后变得生疏。我们这个家里，大姐读完小学就在外地学徒，后来又去了广东打工，二姐读完初中，考上卫校，然而也放弃了继续求学之路。我读初中时，家人只有过年才能团聚，后来祖母离世，我外出求学，家里只剩父母亲。

他们原本就沉默少言，因为贫穷，也矛盾迭出，母亲总是隐忍的一方，甚至想过寻死。然而这些年，父亲又是如何承受的呢。他尚未懂事时就已失去父亲，忍饥挨饿，无法求学，前途一片昏暗，这几十年，他是靠什么支撑过来的？我曾想，也许父亲也是感性的人，我曾翻见过他与姐姐们的通信，作为一位父亲安慰她们，劝勉她们，然后将它们仔细珍藏。可就像大伯父一样，他只能克制自己这种无法理解的哀伤，把所有力气都兑换成汗水，以换取疲累和酣眠。

我有时候无法理解母亲，她把早年的怨恨积蓄至今，仍然在不如意的时候，毫无顾忌地倾泻出来。我也曾苦心劝慰，语言却苍白无力，就像一阵风，无法撼动一棵树。是怎样的仇恨或郁结，让两个携手共度一生的人彼此折磨、消耗，什么时候才会停止？我甚至因此害怕婚姻，害怕伤害，我想我难以忍受留在那个生我养我的故乡，留在他们身边，也与此有关吧。

但父亲无疑是个孝子，每年年关将至，我都要和他一起去上坟，他的身影在我面前，由高大变为瘦小，头发由黑变白，步履也不像早年那么稳重有力。而山坡上的坟墓，由一个人也变成了两个人。只有那段时间，才回想起祖母的容貌，她的声音却总是无法清晰起来，似是而非，令我苦恼。父亲不会主动言谈，我也不知从何处问起。那些未曾想起的部分，就像这山岗间茂盛的杂草，不经意时早已蔓延芜杂，遍地丛生。而我们的回忆也与其如此相似，每年在相近的时间里上山，在茅草间踏出一条细微的通道，在祖父母的坟头拾掇荒草，被遮蔽的，总比显露出来的要更为广阔，被想起的，总是那么少。

我不知道父母在家里单独相处时，提及日常琐事之外，是否还会回忆。然而回忆总是奢侈的事情，是多愁善感之人的抚慰剂，也是温馨家庭的润滑剂。我难以想象他们两人在茶前饭后，或在同床共寝时，会回忆过往时光，回忆祖母或祖父，也许会有一些记忆翩然而至，飘入他们的脑海，然而他们也会像以往一样沉默，兀自将它压进心底。

独自漂泊在外，令我牵挂的只有父母，甚至远方衰老的伯父母，我也很少联系。我的世界变得极其狭窄，而我似乎也已接受这样的狭窄，陌生人不痛不痒，一个人自由自在，仿佛这世间，唯一能够让我心绪起伏的，便只有生我养我的血亲了。


祖母于我而言意味着什么呢？

我为没有参加她的葬礼而永远愧疚，作为她的孙辈，这无疑是不孝至极。我无数次怀疑我的懦弱，怀疑我的真心，思绪却又无数次陷入虚无，不知所终。我的内心如此善待一切，为何在现实中，竟变成了一只畏缩的鸵鸟？眼睛无法直视，双手无法托举，人不人，鬼不鬼。

这种思虑折磨着我，影响我的判断，也留下了阴影，让我在选择时，总是不自觉地逃避，远离一切，远离真实。可是我很明晰地知晓，我和祖母的关系不是如此。

年幼无知时要钱要食，还能让祖母一笑，想来也不是伤害她，后来读书，渐渐懂事，有好吃的会端过去，也会强拉着祖母来到正席位坐下，为她盛好菜肴。后来母亲与祖母婆媳不和，我借着影响读书的名义，要母亲不要和祖母再发生口角，母亲疼惜我，竟也再没有当着我的面与祖母争吵过，这一依顺，便是多年，以至在某个不经意的时候，她还会念及祖母的好，我平静地听着，心里却是无边的愉悦。

当时祖母的赡养问题，因为涉及祖父所在矿厂的轻微补助，每个月一百多块钱的事情，让我们家与三伯父家不和，由于众亲戚的斡旋讲和，才想出让祖母两边寄宿的方法。我的心里充满抵触，但又无可奈何。祖母在我们家的时候，多是沉默无言，吃饭也是自己装好带回屋子里，碗筷自己洗好。有段时间，她甚至从哪里找出一个小炉子，要自己开火，开始我很新奇，甚至期待祖母做的饭食会是什么味道，后来终于感觉到了心酸。祖母一定是在这些争吵与烫手山芋般的推脱中，感受到了莫大的痛苦，她也曾咒骂过自己不孝的儿子，甚至说到自己要追随祖父去死，一死了之。

然而我们都未曾将这些话听进心里。因为那个时候，在那样一个村庄，发生了太多婆媳不和，甚至大打出手的事情，无数老人咒骂着自己不孝的儿女，却仍然踏实有力地活着。我们觉得她只是说说而已，说过了，心里也就畅快了。

我不知道她什么时候开始蓄积力量，将所有的痛苦如秤砣般压实在心底，一点点变得沉重，最终举步维艰。她生命的最后三年里，我在县城中学读书，几乎每个周末回来一次，来去匆匆。祖母有时候在，有时候不在，我也不像小时候那样子，与她有多么亲近了。人总是在改变，或许他本人觉得自己变得越来越好，越来越能够用意志支配自己的行为，比如亲切，比如亲近。但在外人看来或许并非如此，而是越来越冷漠，越来越疏远。

我与祖母是怎么愈来愈疏远的呢？在多年前，我就尽了自己的全力，用眼泪与真诚，换来她稍微平静的生活，成了她一个小小的保护神。几年之后，我却变得对她不闻不问。我怎么也回想不起当初的日子，究竟沉迷于什么东西，为何对家里最需要用心对待的人，失去了往日的热情，变得淡薄，甚至陌生。

三年里，祖母究竟发生了什么。我只知道她更加苍老，也更加虚弱，她穿单薄衣服的时候变得越来越少，穿厚衣服的时间越来越多，都是旧时的蓝布褂子，斜边上的布纽扣，齐耳的银白短发，凹陷的脸庞仍然能够看出酒窝，这样的形象一直延留至今。


一切都是兴之所至，乘兴而来。

大年初二是姑母回家探亲的日子，多年来，由于家事的牵绊，也由于表哥们相继娶妻生子，小姑由母亲又成为祖母，很少有空作为女儿，大年初二回娘家。

祖母离世已近十年，小姑终于在儿子儿媳们回娘家时，也有时间回自己的娘家。前两年姑父病逝，那时候刚好父亲摔伤了腿脚，尚未康复，我便骑车带着父亲，去几公里外的姑妈家奔丧。那时我第一次见到了伤心欲绝的小姑，独自坐在门口，哭得像个泪人。然而坐在家里厅堂的小姑，已经淡却了往日的悲伤，又显露出坚忍明快的品格来。

也许是至亲者早已走远，作为晚辈的儿女，也已成为祖辈，才能如此平淡地叙说起父辈的往事。也许用平淡概括并不妥当，而应是津津有味，甚至后来更加有劲。在他们的讲述里，我仿佛是第一次认识祖母。

话头不知由谁挑起，而关于祖母先前的身世，也在他们的叙述中徐缓而来。成为祖母之前的祖母，老家与我们现在的家仅一江之隔。据说她有几兄弟，家境也还不错，当她出落成一个姑娘时，已经成了远近皆知的美人儿。当时有很多人追求，也是平常的事情，但最后俘获她的心的，却是一位军人。他们也曾有过一段热恋期，小姑说，那时候的祖母就像任何一个热恋中的女子，不畏远途，不时跋山涉水去和他见面。据说他们已经订婚，大家都认为他们将会走到一起，无奈战争打响，那个军人跟随部队，一路退守到了台湾。祖母苦等没有音讯，是死是活没有结果，最后便与离婚的祖父走到了一起。

台湾与大陆恢复往来后，他回老家省亲，祖母才知道他没有死，反而建立了功业，他回来与祖母见面时，小姑这样描述眼中的他：据说有专门的大船沿江而上，将他送来，还有一些随身护卫的人员紧紧跟随，接了祖母后，在那边住些日子，便又将她送回来。这样的会面有过多次，最后以他的离世告终。

祖母跟随他消失的那些日子，当时姑母与父亲伯父都有微词的。毕竟是自己的母亲与不是父亲的人走了，于己于情，似乎都说不过去。那些日子可以想见他们是多么愤怒与不堪，而这种愤怒与不堪，却又不知该如何发泄。只是那段日子，祖母的心里都想了些什么呢？

我被这样的前事所震惊，甚至有一种温暖的流体在我的身体里涌动，袭上心头又退落而去。祖母犹如获得重生般，在我眼前变得清晰而立体，她不再是以前将忘未忘的残缺模样，而是鲜活与触动人心。她在我的眼里不再是只有后半生的人，而是拥有了完整的人生。她在我的眼里，就像加速的电影般从小到大，继而成年、相恋，经历苦守、绝望，最后放弃。她的前半生犹如在暗夜里行走，成为我的祖母后，便走到了阳光底下，有了明晰的脸容。

那一瞬间我仿佛接续起了祖母的生命线，她的一生，就像新生儿一样在我的手里呱呱哭泣。复活的祖母有了一种独特的魅力，这种魅力在她的后半生却从未彰显，只有那张历经岁月沧桑的面容，依然白净清秀，不难看出年轻时的美丽模样。

尽管每每想起祖母，都是她离世前令人心碎的样子，还有从火葬场出来，走了几里地，仍然没有车辆愿意搭乘怀抱骨灰的乘客的回忆，但知晓这一切后，我忽然觉得应该释然，应该把自己从内心解脱出来，学会更好地去体味，去原谅，去爱。

　　关于祖母的回忆也不再是残缺不全，尽管我只在她的晚年出现，从懵懂到混乱，仅仅陪伴了她十几年，令她心碎的最后年头，但她在我的心里，一生已获得完整，在她不肖的子孙后代里，我愿永远将她铭记。

# 三味宝光

## 一

其实宝光现在还没长大。

他的形象在我眼里纷繁错乱，他没有变化的脸，似睬非睬的眼睛，黑发里始终有些白头发冒出来，他双手插进裤兜的姿势，抽烟，抽烟的印象倒是后来慢慢深刻起来的，高中以前，他就没有"好"过。

他是什么时候越过蔓生的枝杈，闯入我的生命之河里来的呢？

这段相遇史纠缠不清，即使我们一起，像两个考古人员拨开时间表面积覆的沙土，也很难将曾经鲜活的时刻还原。毋宁说他的"出现"，完全因由他勤奋耐劳的父母，让我逐渐将他们弥合在一起，补充为一个家庭。那些晦暗模糊的日子里，我们把所有的精力都交付于课堂与肚腹，带着恐惧与未知的困惑，我们挤出夜间的教室，来到寒风中漆黑的校门口，在时隐时现的手电筒光下购买他父母蒸好的热气翻腾的酸菜包。

那是我吃过最好吃的酸菜包了。关于吃，我记得小时候的三件事，这是一件，另外两件，是母亲做过唯一的一次韭菜炒排骨（至今我仍然无法肯定是否有过，但印象极其深刻，那种清香似乎深吸口气还能闻到），我端着碗来到"台湾佬"家门口，醉心于吸食细排骨汁。还有就是每年大年初一，村里的小孩子一起上街，用压岁钱在江边小店里吞下的清汤（馄饨），一块钱一碗。

他的父亲个子不高，面相有些粗糙，但双手活络，明暗的灯光下拘谨的笑容挂在脸上，迟疑时，胸前已是他推过来的包子。有时候吃完还得回去上晚自习，大部分时候是吃着回家，说起这段，那时村里读书的人应该都还记得。他们一家应该是某年某月从"外地"搬过来的，宝光比我小一届，初二留级之后，我们同级，对他的印象就多了起来。

但你或许猜到了，都是"不好"的印象。

宝光不喜欢和好学生玩。而我经过父亲的警告后（初中二年级之前我的学习一塌糊涂，有次家人一起看电视时，父亲告诉我说，如果考不上县中，就跟他一起去学做泥水），已收敛了小混混的脾性，配上眼镜，开始要做一个好学生了。"好学生"眼里只有好学生的榜样，他自然与我没有瓜葛，甚至是反面的教材了。他很多事情对于当时的我来说都不足挂齿，有次听说他去朋友家里，把他二姐的一张照片偷偷带走了，因为当时他正暗暗喜欢着她！

等真的到了县中，我发现居然和他还是校友！我高一在11班，不知道他在哪儿，我高二在7班，他好像在4班，不约而同选择了文科。我们的"碰面"几乎都在每次月考的花名册上，在一长溜名字里看见"谢宝光"三个字，会暗暗停留一会儿，呵，这家伙考得还是没我好！

关于他这段时间的消息，大部分都是后来听他说起，和从他文字里拼凑起来的。那时候我开始偷偷摸摸在本子上乱涂乱画，写打油诗，沉醉于校级的获奖征文，而他已经在《赣南日报》发表《诗意客家围》了。


## 二

第一次看见这个题目，我就感觉到了自己和他之间的距离。

那一刻我才知道那个排在花名册后面的人，已经在某个方面，把我远远甩在身后了。

那是自我父亲警告我以来，第二个震撼。身边的同学仍旧是周旋于"书"山题海的同学，而我却看见了可怕的差距，宝光在这里给了我当头一棒。

我甚至没有勇气去找到这篇文章来读一段，这个标题足够让我退而掩面了。当然我并没有将这一切表现在脸上，宝光仍旧是花名册上的宝光，我仍旧是在校内外来回奔走的我，我们真正的交流，还是上了大学后。

当时我和理海及学校另外几个爱好诗歌的朋友，时常跟在选修课老师曾纪虎的身后，听他教诲，和他探讨，几个人自费印刷诗歌集子，当我们讨论文学的时候，我就提起了宝光，当我把他写的散文推到曾老师眼前时，立马便获得了认可。这一幕似乎重复了大学时代的曾纪虎，那时候他的散文震撼了江西师大中文系，至今仍让他引以为傲。

我想好的文字都是相通的，无论你写的是诗，散文还是小说。这种好让它们消融了彼此的界限，在一个纯粹的时空里被人瞩目与抚摸。宝光那个时候以先于同辈人的成熟与热忱，创造了一系列精致而又充满思辨的作品。

宝光在那个文学专业可以忽略不计的大学里创办了文学社，办起文学刊物。那段浪漫而苦闷的时光，他几乎做了所有文学青年都做过的事，喝酒，写诗，恋爱，游玩，用文字探索生活中的各种可能。生活是具体而连续的，文字却是片段又破碎的。在片段而又破碎的文字里，我也得以窥探那个在青春年纪里曾与之暗自较量的人。

我想他独具一格的文字在中学时代便已打下结实的基础，在大学这短暂又最迸发热力的岁月里，他的文字成为那段记忆最抒情也最深刻的烙印。他是一个写散文的好手，洋洋洒洒的文字登载在自办的文学刊物，和少量的公开刊物上，冷静，但又显得热情洋溢，他有一种常人少有的追索的韧劲，他的文字因此也染上了智性冷峻的光芒。我想读过他散文的人都会自叹弗如，一起走过的平淡无奇的街巷，一起吃过的汤包面饭，甚至一起讶异过的场景或奇迹，看似雷同的照片上，他却填充了异质的细节，而这就是他的眼睛，也是他的心。

他几乎把走过的路做过的事全部记录在纸面上了。但这不是日记，没有日记流水账似的事件排列。他写得很实，就像乡下过去建土房子，将土石灌进搭起的木排，一些强壮的男人抬着厚重的器物一点点夯实，柔软的泥土遂变为坚硬的墙体，任风吹雨打也难变形。宝光身形与大汉挨不着边，但夯实文字的本领却不比大汉夯实墙体的技术差，可以说有过之而无不及。他应该有天赋的领悟力，在我琢磨写什么时，他已经在探索着怎么写，不得不说，这个方面我总是比他慢半拍，甚至不止半拍了。

宝光在我们同龄人中间，结婚算比较早的。当时翠菊穿着鲜红的婚纱，出入于低矮的砖瓦房里，我和理海这里转转那边坐坐，没有人招呼，有时也跟着陌生的年轻人起哄，坐在毛坯房的楼板上，和宝光碰杯，一场神圣的婚姻便告完结。我至今对婚姻还一无所知，但宝光却并非如此。

婚后有段不算短的时间，他的工作并不顺利，在南昌等地辗转，出版社、商会、报社，每一次机会都不如意。了了次年出生，他的境况已经超出我目力与想象的范围。实际上也确实如此。正当宝光最为艰难的时日，我仍在学校复习备考，以及再次重返校园。我的生命也迎来了转折点，从历史专业跨入文学，饱满的兴趣给了我巨大的热情，而几乎所有的热情又被我投入了这一片新的领域，宝光的烦扰，我也是后来从他艰涩的文字中体味得到。

然而说艰涩只是文字流露的况味，只是宝光的艰难时世。他的文学之路在大学毕业时似乎终于走出来了，发表益多，也为省内的著名作家所看重，他们都曾为了挽留他而下过许多功夫，但最终未能如愿，在很多场合，宝光都流露出对他们的尊敬与感激之情。只是他并未停留于大学时代意气风发的写作，而果断地用手中的笔处理当下的日常现实，处理婚姻，情感，血缘，无望，失业，漂泊，彷徨，烟草。他在现实里做了父亲，在文字里也成熟起来。常言女本柔弱为母则刚，对他而言可说成为父则刚。他的文字迅速脱离了同龄人哀怨悠长的泥淖，真正朝向有气象的写作，他的冷峻，残酷，节制，像一根柔弱的手臂挥来一记重拳。他不加掩饰一些常人常为之遮掩的东西，努力做到或已做到"敢于面对淋漓的鲜血"。

他更为如何写而焦虑起来。常怀疑自己写作的有效性，阅读，从他人的身上反观自己；体验，用一双眯缝的眼睛和矫健的腿脚；思考，从句到篇，从细节到处理宏大叙事；交谈，我总是愿意和他交谈。他写小说，写过诗，出手便与众不同，让我这个围于其中无处突围的人眼前也为之一亮，但他最终又回到散文的轨道上。我想，他应该是为散文花费了太多心思，仿佛在黑暗中摸索一台涡轮，那些在虚无里依然生动的细节，让他敢于把手探入其中，这需要勇气，但更多的是自信。

## 三

去年最后一天我从南昌乘高铁去上海，次日和理海折返杭州，宝光已在那"人间天堂"工作多年。

从地铁里出来后，我猜想他会怎样过来与我们相会。正当我们百无聊赖之际，忽然看见他骑着电动车，把一家人都带了过来！虽然我们并不陌生，但这样的迎接在我眼里可以算作热烈了。

在他单位附近的餐馆吃过午饭,我们步行去往西湖。他为我们介绍湖的来由,介绍湖边树林里的松鼠,介绍湖对面的山与寺,顽皮的了了不时作纠正与补充。那天的人特别多,黑压压一群,遮住了水边的白墙,与黢黑的黛瓦连成一片,阳光暖融融的,最终把我们逼离了人群与仙湖,乘车去往孤山。

攀岩之前宝光尚是一副沉稳的模样,一旦徒手攀爬之后,以前那个"坏小子"仿若又回到了我眼前。

绷直的筋肉在他的休闲西装裤上显露形状,并不适宜攀爬的休闲鞋,在他的动作下扭曲变形,他的指甲,与坚硬石面刮擦,发出声响。大概经常攀爬的缘故,第一次他立马就上去了,然后鼓励我。我却从来没有攀岩过,硕大的篮球鞋也实在不是攀爬的装备,等我慢腾腾爬上岩石顶上时,双腿仍在发软,而面前就是平直的崖壁,下面就是平湖,风吹快一点我就赶紧蹲了下来。

然后宝光像是表演般爬上孤山上一块又一块的大石头,了了居然也跟着他一起爬来爬去,我的心思已经不在攀登的乐趣上,而把全部注意力放在了了了那里,那可是异常危险的地方,不时有人失足坠落,被担架抬下山去。翠菊留在岩下的亭子里,理海不知道去了哪儿,我跟在了了后面,了了跟在宝光后面,纵然我苦口婆心,他们依然把每块石头几乎都爬了一遍。

回去时我和翠菊说起,她只是微微一笑,看来也不想再浪费口舌,早就习惯了。

次日,他们一家子又带我和理海去湘湖,在他们眼里更胜于西湖的景点。我们买了橘子和卤味先去了富春江边，又转到湘湖，在湖边的第一个石凳就将东西吃得所剩无几。整个湘湖似乎只有我们这几个游客，冬水萧瑟，波光粼粼，时阴时晴。

穿过湖间的一座桥时，我和理海拖在后面，不禁感叹：他和翠菊真是天设的一对，他们三口之家也让我们羡慕不已。在我们的生命里都渴望遇见这样的一个女子，她爱怜又充满包容，更能互相体谅与体贴，人生中得此一人，夫复何求。

后来听说翠菊身体不适，查出肿瘤，我也为之一惊。我心里总是很难接受这样的事情，以致最初还误以为是宝光自己。翠菊幸而得以康复，看似云淡风轻的时光之后，宝光终于也缓过一口气来。

我可以体会到他的不易，也因此而得以感受翠菊的坚强，但更多的体悟，却是他们的爱情。

我也并非妄加揣测，在我不多的生命里，已有朋友因此夫妻离散甚而反目成仇，那种无言的悲凉在心底陈压已久，无以吐露，幸而得见宝光！他不仅教我如何对待心灵，也教了我如何对待生活，如何成为一个男人。

那段时间我不知道该怎样和他说话。任何的问候与问询都将显得轻浮，而我也知道，视若无睹的作为，也将在他的眼中乃至自身的心底里留下阴翳。偶尔的问询，总是以他煲好汤，带给翠菊为止。我曾有很多话想对他说，临到嘴边，又变得哑口无言。

我是多么的惭愧，充当反面教材的宝光，排名一直靠后的宝光，比我小两岁的宝光，已经给我上过两堂深刻的课了。

## 糖宝，睿睿和我

第一次看见糖宝，是在和二姐视频通话的镜头里。中秋节第二天，二姐一家回来探亲，糖宝就站在二姐的电动车脚踏板上，跟过来了。二姐说，它就是作色（客家话，摆架子的意思），就要坐我这辆车，你姐夫那辆死活不上去。

当时还不知道它的名字，只知道是一条泰迪，两只耳朵上的毛染成了红色，留着一截尾巴，在客厅里来来去去，时常走出镜头之外。母亲炒好了菜，他们正在吃午饭，也没有什么好聊，就挂断了电话。国庆我休探亲假回家，知道它被二姐留在家里，从机场打车回来，满以为在门口就能听见它蹦跳的声音，紧锁的大门内，却是寂静一片。

母亲过了会儿走回来，打开门叫着糖宝。我看见客厅的一只餐椅上，拴着一根粗黑的绳子，没有打结。靠墙边有个泥碗，残留有米饭的痕迹，边上是一个小的透明塑料盆，盛有半盆水，还有块木板光溜溜的，挨墙放着，应该就是它的狗窝了。母亲叫了好多句都没声息，我也楼下楼上跑了几次，拴着的门也打开看过了，还是没有。母亲这才说，难道跟着你爸出去了？它一般不跟你爸的呀……

在家里等了差不多一个小时，一个毛茸茸的东西窜进来，还没看清楚，就扑腾着往我身上跳。没几下，我那条米色的长裤上，就留下一片小爪印。以前听说泰迪很喜欢蹿上蹿下，没想到这么活跃，不认生，整个身子都蹦起来，离地十几二十厘米。父亲喝止了几次都没用，等它急切的哼哼声和跳跃停止后，跑到塑料盆前喝几口水，又回到我的脚下，趴在那里一动不动了。

在电视里，看见主人让自家的狗舔，有时候甚至是舔脸面的时候，我的身上，就有种起鸡皮疙瘩的感觉。糖宝一上一下，抓着我的腿脚，时不时还会舔到我的手，舔一次我就跑到厨房或洗手间洗一次。父亲出去割鱼草前，说它从那天回来到现在，还没洗过澡，他们都没时间帮它洗。在二姐家的时候，听说天天洗澡，每天晚上他们都睡在一个床上。我刚好没事，就说我来给它洗吧。其实是希望，如果晚上睡觉，它真的跳到床上来，不至于把席被弄得太脏。

给狗洗澡我还是第一次，想想其他都还好，给它洗头可能就不大容易了。我去厨房烧水，让母亲找一块破布，到时候给它擦身子，又把香皂切下一小块，用来给它清洁。果然是这样，习惯了洗澡的糖宝，在卫生间里，站在面前一动不动，任凭母亲和我给它倒水和揉搓。身子搓完，一瓢水下去，流下一摊浊黄的水，它在乡下才待几天，已经裹了一身土。我试着握住它的头，让母亲慢慢倒水下来，然而它总在我的手里避让，怎么也不肯让温水濡湿头上厚厚的卷毛。我放弃尝试，草草用破布擦了擦它的脑袋，又把它的身体擦干一些，准备起身出去，用吹风机吹干。它使出了犬科动物最惯用的伎俩，猛抖下身子，把母亲和我溅了一身脏水。

吹风似乎比洗澡惬意许多，我打开吹风机，它钻到我身下，先在我的裤子上擦一遍，然后把头藏起来，任温热的风吹在它身上。和洗澡一样，它不喜欢吹脑袋，也不喜欢吹屁股。风口对着脑袋的时候就到处钻，对着屁股时，它干脆坐下来，怎么也不肯起身。知道快吹好了，它就加速往前跑一段，顺势打个滚，躺在地上扭几下，我知道一下午的工夫，算是白花了。

平时它都睡在爸妈的卧室，那天晚上，它竟然跟着我上楼，在冰凉的地板上睡了一晚。下半夜，清凉的微风从纱窗灌进来，把我冻醒，我起身关窗，它也就势换了个睡姿，床底下传来一阵扭动的声音。

二姐夫隔天就骑着车过来了。他着急找个人陪他去车行看车，我回来，刚好有了个伴，二姐的美容店里有顾客，一天到晚都走不开。和他一起来的，还有小外甥睿睿。睿睿是个暴脾气，二姐两年前怀上他的时候，把菜市场的卤食店退了，一心一意在家养胎，生出个大胖小子。他比他哥哥白胖很多，我姐怀坤坤那阵子，刚好家里在做酒酿生意，每天都很劳累，挺着肚子蒸糯米饭，搬着笨重的蒸好的木甑走来走去。坤坤黑瘦，虽然大睿睿八九岁，看见他这个脾气，有一回说，以后睿睿长大了，可以保护他。这件事到现在，还被我们当作笑话。

那天我和母亲一早去姨妈家，她们约好要炸米果，姐夫他们到了后，我带着糖宝先回来。隔了大半年没见，睿睿看见我不敢认，总是躲闪我的目光。直到我问他想不想糖宝，他才忽然想起什么来似的，糖宝糖宝地叫着。糖宝看见姐夫，就像那天看见我一样，急急跑过去，又蹦又叫，把不停叫唤它的睿睿丢在一边，时不时还看看他，就是不走上前去。睿睿见它这样，看起来也很气愤，走过去就要踢一脚，被它躲开了。

睿睿刚出生那会，二姐一家刚好想从二楼搬上五楼，底下几层用来出租，把父亲叫过去帮忙收拾。一家人都在上面忙活，我就帮着他们带孩子。睿睿那时候很爱笑，也挺好带的，只要陪着他玩，带他走来走去，就不会哭闹，睡着了也让人安心。那时候他很喜欢和我在一起，现在长大了些，又长时间不见，就有了陌生和害羞，只是不到一会儿，他就肯叫我舅舅了。他很小就学会了说话，时不时蹦出来的句子，常常让我都感觉惊讶，尤其和同龄的小孩子比较起来，他们还在咿呀学语，他已经可以聊天了。他好像有说不完的话，一会问他爸爸，一会问我，很多发音不标准，只有姐夫能够听懂，不和我们说话的时候，他的嘴巴也停不下来，一个人念念叨叨。

糖宝不愿意接近睿睿，它的兴奋劲过后，就趴在我或者姐夫的前面休息，耳朵动来动去，好像一直在"监听"睿睿的声音。姐夫说它很怕睿睿，因为他会踢它，在家里每次见到它，睿睿都要踢几下。没几天，只要糖宝看见他，就远远地躲开了。姐夫说糖宝不仅不喜欢睿睿，也不喜欢所有的小孩子。看着它身子小小的，后腿侧放着，脑袋端正地压在两条前腿上的样子，让我不禁涌起一股爱怜。小孩子不懂事，它或许被他们胡乱欺负过很多次吧，谁的好坏，它记得很清楚。

那天吃过午饭，给电动车充好电，我简单收拾了下，背着包要出门，糖宝已经跳上车子的踏脚板上。我唤它下来，它不肯。想起往日，我只要在房间走动，它便会兴奋起来，一路跑向门口，一边又频频回头，看我是否有出门的意思，但每次我都让它失望。看它不愿下来，我只好走过去抱着它，把它关进厨房，然后才和姐夫出门了。后来听母亲说，我们走了很久，她把糖宝从厨房放出来，它出门一路小跑，跑到了路尽头的老井口那儿，四顾茫然，听见母亲不停叫唤，才又默默回家。

姐夫几年前拿到驾照，一直没有买车，这次也是二姐一时兴起，忽然着急想有辆车，他就花时间看了起来。他说前段时间，把南康的4S店差不多都看了一遍，大概选出了几款车型，要我来的目的，就是帮他在这几款车型中做出选择。他也不时向我兜售这段时间的选车经，就像我也很了解一样。

二姐家准备午饭的时候，时常会有人过来一起吃，通常都是他们的朋友。不出门看车那两天，睿睿也会在家里（出去看车时，姐夫就把他送到他爷奶那里），叽叽喳喳，一个人可以把整栋楼吵翻。有次他们的朋友过来吃饭，家里两条狗也跟了过来，一条金毛，另一条小哈巴狗，睿睿见到它们，比谁都起劲。我见到金毛这种体型的狗，心里是有稍许忌惮的，它们虽然看起来很温顺，谁知道它们是否会一时冲动，张嘴就咬一口呢。但睿睿没有这个顾虑，他动画片也不想看了，追着两条狗到处跑，不是抓这只的尾巴，就是踢那只一脚。我盯着他冒了一身汗。为了不让它们出去，他堵着门，那只有他胸口高的金毛在门前走来走去，他伸手不停拍打它。

我害怕金毛咬人，便要睿睿过来，他脾气上来不肯走，任我怎么哄就贴在那里不动。直到那个朋友看见，把金毛唤回去了，我也懒得再劝。睿睿不像有的孩子，会把狗当好朋友，他踢糖宝，也踢这两只狗，好在这些宠物狗已经不再野蛮，不会伤害他。

综合考虑实用美观，以及预算后，他们终于选择了一款仿轿跑车型，高度介于轿车与SUV之间。办完这件事，我也想回家了，糖宝这几天，估计又没洗澡吧。这些天跟着姐夫，竟听到了糖宝的"身世"。

糖宝并非像他们之前养的几条狗，是从外面买回来，而是二姐的朋友送给他们的，刚送过来那会，据说已经怀孕了。二姐那个朋友，有次去公园游玩，准备回家时，车内忽然跳进来一条小狗。他们等了会，没有人来寻，就带着它一起走了。过了几个月，那只狗开始发情，在某天就把糖宝"拐"了回来。他们嫌多，就把它带到二姐家。他们忙起来，顾不上招呼，睿睿看见了，总要手抓脚踢地撵一阵，八月十六那天，干脆就带回来给爸妈养。

那天给它洗澡时，我便感觉到它的肚子鼓鼓的，原来真的快生狗宝了。母亲是个软心肠的人，不忍心听它被拴在凳子上可怜又急切的号叫，每次外出搞清洁时，就把它带在身边。据说它也很乖，跟着一群环卫工人，从不乱跑，和清洁队的负责人小刘一起躲在阴凉的地方休息。买完车姐夫送我回家，钥匙在母亲那里，我们去找她，看见它就趴在场院边，母亲他们在场院里刨土，准备种鲜花和草皮。它看见我们，又欣喜了一场，然后跳上脚踏板。

母亲天天和垃圾与灰尘打交道，它身上看起来比之前还要脏。踩过污水坑，脚上的毛变得黑硬了，钻过乱草窠，身上和耳朵上都是草籽。那次洗澡，又像之前一样，白费了力气，又溅了一身污水。

母亲说，你回来有人在家，它就不会跟着我出去。确实是这样，爸妈睡得早，每天起得也早，五点多就听见楼下有响动。然后就听见糖宝推开我的门，趴在我的床底下，直到我起身下床，它才钻出来，在我身边蹦跳，双腿搭在我身上，好像第一次看见。我下楼洗漱，父母早就出门了。

有次我和父亲出门，下午三点多才回来，家里空荡荡的，就知道糖宝又跟着母亲去搞卫生了。等到六点多，母亲平时都在家的时间，还不见踪影。我用母亲落在家里的电话，给同是清洁工的姨妈拨过去，才知道她们去伍屋村了。那是一个离家八九里的村子，姨妈说她应该马上到家了，她们前后坐两辆车回来的。又过了快一个小时，母亲还是没有出现在路尽头的那个拐角。我有点慌了，正打算骑车一路找过去，她们终于出现在远处。

回到家里，母亲抱怨说，她本来抱着糖宝上了车，它却跳了下去，怎么哄都不上车。最后只好让车先走，她陪着糖宝一路走回来。我感觉又气又好笑，本想说你抓住它，别让它乱动就好了，也省得走那么远路。不料母亲又开始夸奖起它来，说搞卫生时，糖宝一下子没跟上她，慌里慌张找了一圈，没找到，就紧跟着其他的清洁工，说它知道她和她们是一伙的，跟着准没错。没想到它还挺聪明的，末了她又补充了一句。

看着糖宝疲倦地趴在面前，眼珠跟着我的脚步转动，又不想动一下的样子，父亲猜测说，它这次走了那么远，一定是累惨了。看着肚子好像又大了不少，也许快生了？我才注意到，它的肚子确实又大了一些，鼓胀胀的，跟它的小身板，总感觉有些不搭配。我伸手摸了摸它，它舒展开身子，似乎想让我多抚摸几下。

糖宝一直没有学会讲卫生，总是在家里随意大小便，父亲总说，它这么笨，屙得到处都是，哪天把它卖掉。那天下午我们在屋后摘米豆（学名叫眉豆），它也跟了过来，伸着鼻子到处嗅探。我先回，父亲里外收拾了一下，过了好一会都没见糖宝跟过来。我和父亲觉得奇怪，房前屋后找了好久，还是没有找到。父亲说，一定是被天天在禾场上闲逛的学生抱走了，他们天天在那里，就是守着这条狗。然后说我一条狗都看不住，就这样被别人抱走啦。我一直在大门口，并没有看见糖宝跑到那边去，又不能确定，心里逐渐生出一股感伤，想着没陪伴几天，它就已消失不见。

这时忽然从老房子那里传来一声吠叫，我跑过去，上到三楼，什么也没看见。不禁又失落起来，下到一楼，又听见叫了一声，我才知道是从一楼的房间里传来的。父亲满脸欣喜地赶过来开门，一边说我就开门放了个东西，没见它跟进来呀……糖宝一下子跑出来，扭动着它圆滚滚的身子，在我们身上扑蹿。

失而复得让我悬着的心放下来后，又感到了一丝忧愁。我想起过去的那些年，二姐给家里带回来好几条狗，无一例外，都是宠物犬，父母没时间照顾，最后不是死，就是被路过的人抱走，没有一条留下来。想到这些，感觉心里充满了罪恶和愧疚。但身处异地，在心里的最深处，还是希望有一条狗，可以一直陪伴在父母身边。

只是这种陪伴，也需要代价。爸妈尚且无法拥有如此多空白时间，花在一条狗身上。以前的土狗或许更为独立，它们可以安静地窝在门前一整天，但城里来的宠物犬，却留有"娇生惯养"的习性，离不开人的陪伴。想到每次它跟着母亲去扫地，我就想它留在二姐家里，哪怕睿睿时不时踢它一脚，哪怕没有人管它。家里至少有人，它可以安心趴在一楼，或四五楼的地板上，不用担心野狗出现，不用躲避车辆行人，可以保持皮毛洁净，可以在那个家里正常地生老病死。

假期就快结束，我也将回到外地的办公室，陪伴不了它了。可是有什么办法呢，我能想到在我离家之后，它每天的样子：产期愈近，对待食物挑挑拣拣，等着母亲收拾好，好跟随她出门，再一起回来。守着母亲做午饭，偶尔吃到几片母亲夹给它的肉，下午三点再一起出门。傍晚，父亲回来后，家里人多了一个，它趴在客厅里更安心，渴就喝点水，饿就吃点饭，直到父亲先进卧室睡觉，它也跟进去，在那件烂袄子上睡到天明……

# 怀念一条鱼

蝴蝶死去有将近一个月了吧。

蝴蝶是一条鱼，很小很小的一条。它的学名是什么我并不知道，从水族馆买回来时也并无不同。它的身体，大概只有小拇指的指甲盖大，和一节手指差不多长。买的时候都是几条几条买，每次把它们放进鱼缸里，渐渐都将剩下一条。也许鱼缸的容积就是一条鱼的生存空间。

蝴蝶就是活得最为长久的那条。它这次挺不过去，是因为冬天来了。今年的冬天和往年不同，很多人都这样感慨，说这不是南宁的冬天呀。南宁的冬天是什么样子呢，其实我也不清楚。只觉得今年更冷一些，不知道是又大一岁的缘故，还是真的温度低了不少。有一次我和朋友争论，她说今年冬天最低温已经降到零度了，我说不可能，如果真的降到了零度，那水就要结冰了，我并没有看见冰。也许她说的是真话，天气预报有时候也是不大准确的。但今年的冬天冷的时候特别长，这一点确实深有体会。蝴蝶就是在这段寒冷期死掉了。

本来我并未发觉它的异样。鱼缸放在客厅镜子的边上，墙上就是整个房间照明的荧光灯。我每天起床洗漱，出门之前都要投喂它一些鱼食，它总是迅速地从水底游上来吃几口。中午我回来午休，会在客厅里坐一个多小时看书，那时它就一直在靠近我这边的鱼缸旁游来游去。那些天它在鱼缸底部一动不动，我轻轻敲击玻璃缸沿，它就会摆动一下尾巴，游出去些距离，有天中午我发现它微微倾斜了身子，这可把我吓坏了。我马上放下手里的小说，在它的缸前注视。它确实虚弱了好多，尽管还会回应我敲击玻璃缸的行为，但已经变得有气无力。我立马想到了是不是天气寒冷的原因，把鱼缸搬到电热器面前，看着它好些了，又把它放回原来的地方，匆匆赶去上班。当我回来它又歪斜着躺在鱼缸底部，这次搬到电热器旁边似乎没有用处，我又怀疑它是不是缺氧。鱼缸仅仅是一个普通的鱼缸，并没有增氧设备，我就用杯子不停地把水倒来倒去，希望这样可以给它增添一些氧气，它看起来好了一些，当我出去又回来时，它已经在缸底翻起了肚皮。

我不知道该怎样描述这种心情。我曾努力了很多次，以我仅有的一些知识，妄图改变它的境况，把它从死神的手里抢回来。也许确实有那么一次？当我给它取暖后，又将它放在卧室的桌子上，那里有一个台灯，我想把台灯一直开着，为它提供些许温暖，因为惧怕老化的电路，在我离开前还是把灯关了。我当时责备自己，为什么没有准备好一盏专门供热的灯呢，我在朋友那里见到过，这种灯光线橙黄，照射出来能够立马感觉到它的温度。我甚至认定，如果有这样一盏灯，它一定不会死去，一定还在缸里迅捷地游来游去。那次离开前，我一直在鱼缸边观察它，希望它可以好起来，吃下我投喂的鱼食。它好像也感觉到我正在注视它，虽然虚弱，还是用力让自己游动起来。那个时候我才知道，"鱼被水淹死了"这样一句看似玩笑的话，又何尝不是真的。它从鱼缸底部拼尽全力往上游，上扬的尾鳍刚刚离开缸底，没有力气了，整个身子便往下沉，又跌落到缸底。它也许只是想在水面上换一口气，水面就在它头上一二厘米的地方，它却无法触及。它一次次尝试着，似乎就是想告诉我它还能行，但身体却总不由自主地往下沉，仿佛水底下有一只无形的手，将它一点点拽紧……

那天回去，我第一件事就是到鱼缸边观望，发现它已经躺在缸底，两边的鳃裂出一丝缝隙。我不知道该怎么办。坐了一会儿后，我决定把它捞出来，埋在窗台的花盆里。以往死去的鱼，都直接丢进了下水道或者马桶中，放水一冲，就消失得无影无踪。鱼缸里的水冰冷刺骨，我小心翼翼地拨动水流，把它趁势翻进我的手心，看着躺在我食指上的蝴蝶，它依旧柔软，还是鲜活的样子，就像睡着了一般。巨大的淡红色胸鳍贴紧身体，鳞片光滑灿烂，细细的眼睛依旧漆黑，只是再也看不见东西了。我在花盆中挖出一个洞，本想直接把它放进去，犹豫了一下，撕开一张纸巾将它裹住，然后埋进薄薄的泥土里。

或许万物相处久了，都会生出一种感情，比如一颗突然枯死的树，一只突遭横祸的宠物，在心里久久弥漫，无以排遣。蝴蝶就是我的宠物吧。

我来到这个城市，找到这个地方安顿好后，绿植和鱼次于我住进这里。我无法快速融入人群，我需要一种慰藉。铜钱草、薄荷、绿萝、斑马、米奇、蝴蝶，最后剩下的只有绿萝和蝴蝶。绿萝在幽暗潮湿的环境中如鱼得水，不断蔓延与分蘖，它们看似无根的藤蔓，可以抓住每一个你意想不到的孔洞。仅仅一年多，一吊盆的绿萝就分拣出五六盆，占据了我阳台一半地方。因为难以接受大一点的鱼死去，我选择了小鱼，心里想着，也许这就能减轻我的罪恶感。我现在知道这种想法是如此无知与可笑。斑马和米奇都是易于饲养的鱼，只是不知道什么缘故，斑马总是跳出鱼缸，发现时已身体僵硬，死去多时。而米奇对水极其敏感，换一次水，差不多就会死去一只。直到放入这只蝴蝶。

它有着超乎一般的适应能力，在细小的鱼缸里，一活就是大半年。当需要短期出差时，我甚至花了好几天时间，想着怎么做它才不会死掉。后来终于想到一个简单有效的方法，只要在空无一物的鱼缸里放一枝绿萝，就可以让它很长时间活蹦乱跳的。此后便是如此，鱼缸里从此多出一枝绿萝，不显得那么单调了，我也可以尽情安排好每一次出差，有时候将近一个星期才回来，绿萝新长出了枝叶，而蝴蝶依旧活跃。我开始把照顾它当成一件事来做，也许这样做很不尽责。有的人说养鱼就是"一天喂一次食，三天换一次水，一周换一次鱼"，对于这些细微的死亡，他们早已无动于衷了吧。只是我在情感上很难接受这样频繁的死亡，任何的死都是严肃的，并非无关痛痒。至于照顾蝴蝶，内心衍生出一种责任和担当，又是另外的收获了。

有一次我临出门时，忽然想到，在我离开这个房间之后，蝴蝶是否会幻化成人，或者仍是鱼的形态，从鱼缸出来。走到门口，打开灯，在房间里踱步，翻翻我胡乱放置在小桌子上的书，在红皮沙发上躺下来。甚至像我一样，远远看着灯光下的鱼缸，在绿萝重叠的叶片下，看见自己在其中欢快地游来游去。多么奇妙的景象！那段时间，我每次出门前，都会在心里默默想到这个场景，幻想着它在房间里会做些什么，是否对我简单的生活了如指掌。我还想过以此为灵感，写一篇童话之类的文字，只是尚未动笔，蝴蝶就已在这个冬天离去……

蝴蝶死后，鱼缸被我拿到了阳台上，成为单纯种植绿萝的水盆，我很难下决心再去水族馆。每天打开通往阳台的门，看见玻璃缸里绿色的叶片，都会不由自主地多看一会儿，然后再抬起头，看向外面。

我知道陪伴总会有终点，只是不知道什么时候就会到来。我最难以忍受的是，有的终点是可以延迟的，而我却无所作为，比如家里以前养过的狗误食有毒的东西，比如这条被寒冷吞噬的鱼。于我而言，这只是小小的举手之劳，稍微付出一点心思就可以解决的事，我却无动于衷，让它们堕入无边的黑暗里。也许心里还是有区别对待，有高低贵贱之分？这是人固有的本性，还是个人的罪恶深渊？也许在我心里，蝴蝶就是一条一块钱或者一块五买来的鱼，和附近菜市里现杀现卖的鱼一样，还要廉价得多。然而半年来，那种悉心照料，那种凝视与牵系，又如何解释呢。

终究还是太冷漠无情了吧，心如磐石，难以体味死生之重！如此对待万物，万物也必将如此待我，这是我的可悲。只是不知道被我又怜惜又抛弃的万物，是否也正怜惜着我，在某个意想不到的时候，也将抛弃我？想到此，便又觉得自己小题大做了，有惺惺作态的嫌疑。

　　只是蝴蝶，当我也沉入水中，你会像以往那样，乐此不疲地游向我吗？

# 母亲的法则

母亲可能做梦也想不到，她对土地的付出与期待，最后都将付诸无用之物。

父亲是一个泥瓦匠，年轻的时候，骑着同父异母的兄弟从赣北铜矿寄回的凤凰牌自行车，整月整年在乡里内外砌房子，不着家，家里的田地，内务，通通就由母亲包揽了。母亲没怎么读过书，性格也柔弱，对此几乎没有什么异议，只除了一点，她喜欢上圩，到集市上转转，但父亲总不能痛快地给钱。没有钱的母亲自尊心很强，显得格外敏感，就会抱怨，我小时候在家里，总能听见他们的口角。

年轻时的母亲有过反抗，但这种反抗以自我伤害为前提，她谩骂，流泪，喝农药，我们看着她被人抬走。不过我的年纪太小了，小到不会心生悲伤和恐惧，没有想过她可能会一去不回。就像村里台湾佬过世，我挤到最前面看他封棺，第二天就病倒了，但没有害怕。母亲后来被抬回来，原本健硕的身体彻底坏了，逐渐消瘦，体弱多病，直到现在。这也让我看见她刚烈的一面，原本温柔善良的母亲，竟有不顾一切的决绝。

温柔善良这个词，或许每个想起母亲的人，都会用到，它是如此大而空泛，那么具有将所有母亲囊括进去的架势。有两件事，至今让我记忆犹新，它们似乎可以验证这一点。

母亲因为婆媳关系，曾和祖母有过激烈的对抗。祖母既是两个伯父的继母，又是父亲和三伯父的生母，两个大伯父很早随祖父去了铜矿，祖母意外逝世后，他们在那边成家留下来，祖母和父亲他们，就在老家。母亲和祖母的争吵，就是赡养问题，以及祖父抚恤金的分配。那个时候，祖母每个月可以从铜矿拿到一百多块钱，作为她的伙食支出，还是足够的，只是两家人都觉得她偏袒了对方，总是无法安宁下来。

　　当时我正在读初中，初二时留级，开始认真学习，只为了能够考上县中。留级之前，父亲和我有过一次谈话，他开始是嘲讽我，说起我喜欢的那个女同学，长得好看，成绩优秀，以后一定会留在城里，我的成绩这么差，想和她在一起，简直就是癞蛤蟆想吃天鹅肉。我坐在电视机前眼泪汪汪，他乘胜追击，威胁我说，如果我不能考上县中，就别读书了，和他一起去做泥水匠，在风吹日晒中搅水泥砌墙，晒得又黑又老。我的眼泪流了下来，开始好好读书，每天晚上熬夜，他们总要催几次，我才会上床睡觉。

　　大概是看见了我的决心，家人对我的态度也变得柔和许多，尤其是母亲，我在她的眼里，似乎真的变成了掌中宝，心头肉。她和祖母的矛盾，已经很大地影响了我。我一直觉得，对长辈好是天经地义的事情，不应该怒目相向，恶言相加，我仗着她对我的关爱，就要她对祖母好一点，不要再和祖母吵架。我当作口头禅的一句话是，我们要将心比心，要换位思考，假如我以后结婚了，我老婆，也就是她的儿媳，也这样对她，她会作何感想。我说得情深至极，甚至提到了家和万事兴，不禁让我自己也涌出了眼泪。就是这些大道理，使母亲就像换了一个人，忽然之间就沉静温和下来，再没有对祖母爆粗口，对我也温柔许多。不知道是出于对我的爱，还是对我假设的那种境遇的畏惧，母亲在我面前，努力成为一个理想的母亲。

在父亲的刺激和母亲的呵护下，我顺利考上县中，也因为用眼过度，我在初二的时候就配戴了眼镜，直到现在度数变得更深。

心性敏感的母亲，大概也因了那时候贫苦的家庭，在外人面前总是点头哈腰，充满笑意，让我感觉有近乎讨好的意味。那时周围的人都是这样子，贫穷，沉重，偶尔会歇斯底里，但对外人总是好于亲人，也不会觉得奇怪。

母亲有讨好人的模样，却从来没有因此而与那些人变得熟络，仍然是她自己，每天独自应付着家里的琐事和田地间的活路。除了她的姐姐，也就是我的姨妈，没有人成为她又一个倾诉的对象。她太孤独了吧，所以才会对家里的鸡鸭说话，也乐于对别人说起它们。

我很早就发现了母亲与村里其他女人的不同。她们要么很要强，在对待每件事情上，都流露出专横、果决。譬如饲养家禽，她们完全将它们当作肉食，应付每天的饲料，哪只鸡鸭有异常举动，她们便破口大骂，都是使用骂人的词语，肮脏、难听，有时候鸡鸭没有明白，她们就开始动手，一边骂一边动手，不一会儿畜圈里就要鸡飞狗跳了。有的要么就很温柔，她们往往是那些外地新嫁来的小媳妇，不管是招呼人或者带孩子，都轻声细气的，发怒的时候，也是压低了嗓音，把怒气挡在喉咙里，不敢传到窗户外面。她们家里的鸡鸭都是家婆喂了，假使家婆出门，要她们喂一次，摸不着鸡鸭的脾性，不是脏了鞋，就是失了米，气愤到极点，样子却很忸怩。

相比于她们，母亲就像在平衡两极的中心点上，不会太粗暴，也不会太柔弱，她有耐心。不能说她太无聊了，也许母亲心性就是如此，她对人之外的其他动物，都怀有一颗慈悲的心。前两年有次回家，父亲临时有事要出门，就把杀鸡的任务留给了母亲。母亲要我帮她抓住鸡脚，不要让它挣扎，就是那个时候，她说她还不知道怎么杀生。那次母亲拔了鸡脖子上的毛，第一次放血不成功，第二次还是没有成功，后来又割了好几次，差点把鸡脖割断了，才终于让它不再动弹。

那次我才知道，年节时候，都是父亲负责宰杀的，母亲喂养了大半辈子鸡鸭，都是怀着怎样的心情做的呢。她把它们都当人了，如果不是完整的一个，至少也是小半个吧。每次接近它们，她沉默了半天的话匣子就会打开，开始历数每只牲畜的优缺点。对于光吃饲料不下蛋的母鸡，她会多说几遍，询问原因，让它少吃一点，有时还加以威胁，再不下蛋就杀掉。对于那些下蛋勤快的，她会鼓励，让它们多吃点，假如出现异样，她还会留心观察，直到把它们治好为止。

她不仅对鸡鸭说话，还会对狗说话。不是呵斥，而是真的交流一样。有几次，她在池塘边洗衣服，有不知道从哪儿来的流浪狗，走着走着就在她面前停下来，摇摇尾巴，然后趴在地上看着她，就像家狗等主人回家。母亲却不敢带它们回来。她说她怕它们，怕它们会咬人。每次她都要问一问它们是谁家的狗，是不是迷路了，找不到回家的路。狗听不懂，就看着她摇尾巴。问完之后，母亲又说，你是不是想跟我回家，是不是想吃东西，但你不能跟我回家，你应该回自己的家去。有时候它们等到母亲洗完衣服，跟到家里。母亲喂了它们一顿后，又打发它们回去，然后狗才明白，这里是不欢迎它们的，等母亲晾衣服的空隙，它们就无声无息地离开了。

母亲和我说起这些，总会显出后悔的表情。老话总是说，狗来财。母亲信这个，所以家里一直贫苦，她会觉得是不是自己把它们都赶走了的缘故。除了活物，母亲还会对没有生命的东西说话。每年正月，家里晚饭后，厨房擦洗干净，母亲就要在铁锅里扣个碗，在碗底放一把陶瓷调羹，里面倒一匙的花生油，把一根红棉绳用油浸透，开始点灶灯。那个时候她嘴里总是念念有词，念的都是一些祷词，诸如祈求灶神奶奶保佑一家健康幸福之类。

母亲不迷信，但她信这些，在我看来，她更像是相信万物有灵。她的动作总是很慢，不管是侍弄作物，还是擦洗碗筷和灶台，在父亲这样的急性子，和姐和我这样的年轻人看来，就受不了，都忍不住要她快一点。我也说过她几次。我们都按自己的方式和想法行事，即使事后知晓了因由，下次还会再犯。我们在乎的是速度和效率，母亲是相信这些东西，并且比我们更依赖它们。她把它们当作有灵的事物对待，每一次抚弄，每一下擦拭，都带着真诚与敬畏，相信它们也会像她对它们一样，反过来这样对待她，保佑她的家人。

这种万物有灵的想法，我就是从她这里遗传或感染的吧。我在心里与很多东西对话，不论是否能够得到回应，和铜钱草，和绿萝，和斑马鱼，和狗，和衬衣，和晾在阳台上的布偶。尽管我也像她一样，不知道怎么和别人相处，这种想法让我并不孤独。它们仿佛是比人还要真诚的朋友，可以接纳我的一切，并以平静回应。这种想法让我很早就开始对生命有了别样的认知，相比于他人，似乎更多了一些柔情，理解，和尊重。

也许这些也并不能证明母亲温柔善良，这也并不是我所要想证明的。我有时会想，母亲的这种转变，从早先的粗粝决绝，到如今的善良随和，究竟是受了我年少"童言无忌"的刺激，还是挣扎半生对命运的折服？

她的坚毅除了反抗父亲，还表现在诸多方面。比如在田地间的劳作，家里田地不多，水田也就两亩几分，父亲常年不在家，所有的事务都由她来完成。我印象最深的，水稻种下后，需要水养着，附近又没有江河，除了靠天吃饭，就是等着乡里从几公里外的河中抽水过来，每家每户都要派人去田里守水，母亲就是家里守水的人。从河里抽上来的水，顺着引水渠流过来，边上的人就会抢水，在下游的地方筑坝拦截，我家的田在最里面，总要等到前面的田地都放满后，才轮得到。守水是个累活，几乎需要一天到晚在那儿守着，母亲有时候会让我们替她守一会儿，夏天又热，经常一身湿透了，还是不见水来，我们就会擅自回去。总是在母亲守候的时候，水才会到来，不过那时不是凌晨，就是正午时分，我们不是在睡觉，就是在家里看电视。

我不知道她是怎么坚持下来的，那样的日子有无数个。守水除了筑坝引水，有时水流到渠里，还没有水田高，母亲就要舀水进来。两亩多的水田，母亲躬身使劲的动作，不知道重复了多少下。烈日催下了她多少汗，黑夜引发了她多少恐惧，都只有她自己知晓。这也成了她指责父亲强有力的理由。每次在和父亲争吵，或者流泪向我们姐弟倾诉的时候，母亲就会咬着牙齿说，那些年她是怎么独自一人在田间劳作，地里产出来的哪一粒米哪一棵蔬菜，有他一点功劳？我们总是无言以对，也会责问自己，为什么那会儿就那么贪玩，不知道帮母亲分担一点点事情，不是说穷人的孩子早当家吗？

当然母亲也从来没有责备过我们。大姐很早就外出打工并出嫁，二姐紧随其后，家里就剩下我一个。我又立志改邪归正，认真读书，当时不要说安排我做事，就是我主动做一些什么，他们都会制止并让我去看书。唯独有一件事不会阻拦——挑水。我在家做过最多的事就是这个，扁担上挂两个水桶，去百米远的一个老院子里压水，五六担就能将水缸装满。母亲的怒火只会迁就于父亲。也许父亲的"小气"，让她觉得自己完全没有一家之母的样子，就连我问她要零花钱，她也拿不出来，尤其是和周围当家的妇女相比，母亲更是自惭形秽，她的自尊心受到了严重伤害。

父亲的理由却很简单，他首先会说母亲，你以为家里很有钱？你以为我很有钱？然后就说有多少钱都会被你花掉，不要存着建房子，供他们几个读书吗。他大概是觉得母亲管不住钱，又喜欢逢圩上街，存多少就会被她花多少。他并没有深究过母亲为什么喜欢上街，也没尝试过让母亲管钱，但他确实把钱存下来了。他并不是一个随意的人，也一直保有父亲的责任。记得二姐还小的时候，他们打算把她送给别的人家，已经说好了，后来父亲割舍不下，就没有送成。二姐时常也会拿这件事来说一道，那是一户条件更好的人家，如果二姐过去了，说不定会有比现在更好的未来。但她的话语间已经没有怨气，更像是调侃了。父亲挣钱供我们读书，维持这个家，多苦多累，从来没有一句怨言，他是吃过大苦的人，祖父在他还未懂事时溺水离世，是祖母将他拉扯成人。只有在和母亲对峙的时候，才会牵扯出自己在外的苦累，青筋暴露，眼角湿润。

家里的第一栋红砖房子，就是附近最早建起来的，虽然也有两位大伯父的帮持，主要还是爸妈的积攒。父亲不赌也不好酒，就是累的时候抽烟很厉害，母亲也知道父亲除了抠门，也没有其他缺点，两个有"宿怨"的人，就应了那句话，不是冤家不聚头，时常会磨出一些口角，不知道是生活的调剂，还是有我们不曾知晓的深仇大恨。我外出读书和工作后，他们四目相对的生活，就真的愈发单调枯燥了。母亲还是在地里侍弄庄稼蔬菜，父亲仍旧外出风吹日晒，直到波及村中的建设规划，将家里的几亩地征收修路，城市化进程不再允许私人擅自修建房屋，母亲和父亲忽然就双双"下岗"了。他们有过抱怨，因为觉得自己还能做，更多的是无可奈何，空悲切。

被评为贫困户的姨妈家，乡里有政策扶持，其中有一条是安排家属工作，姨妈成为乡村环卫工人。这个"职业"刚在乡下兴起，很缺人手，姨妈介绍不是贫困户的母亲来做，竟也通过了，母亲就由地道的农民，成为一名"工人"。

母亲对这份仿如从天而降的工作心怀感激。她快速转换了自己的角色，把重心从农活转移到"工作"上来。都是在土地上谋生，之前土地产出的是粮食，现在产出的是工资。在过去的无数个日子里，母亲都竭尽所能，妄图从土地上收获更多的米蔬，总在太阳落山，月光照映的时候才回到家门。只是被大多数农村人抛弃了的土地，更迅速地抛弃了这块土地上的农民，它们很快成为荒野，成为荒草、蚊虫和蚂蚁的天堂。母亲在荒野的围困中经营的沃土，很容易流失水分和营养，无法再给予她丰足的回馈。她还来不及消化心中的愁绪，新的工作就让她将之抛诸脑后。

刚开始加入这个由贫困户组成的环卫队伍，母亲更多是感觉亲切，而不是和她们的格格不入。实际上家里完全可以划成贫困户，父母失业，没有固定的收入来源，我未婚，在外省的省会城市，拿着三四千的死工资。这些钱在乡下或许无法算作贫困，但在城市里刚够我的租房与花销。除去这个因素，我不知道是否还因为父亲一贯的倔强。早年在读书时，家庭条件不好的可以申请助学金，父亲为了照顾我的自尊心，宁愿自己多做点，也不会强求我去申请。生活中各种困难，都是他咬紧牙关挺过来的，当知道姨妈家评为了贫困户时，我忽然就想到了父亲。

有一次过年回家，我才听母亲说，尽管她和其他人做的一样多，甚至更乖顺，做得更仔细，更小心翼翼，但她并不是"正式"的工人。像姨妈那样正式的环卫工，是有"本子"的，这个"本子"，就是贫困户证明，母亲充其量只能算是临时工。除此之外，待遇也是不同的，母亲的工资只有她们的一半。

我听到这个消息时怒从心起，这也太欺负人了，凭什么按那个标准来发工资呢，难道母亲做的比她们少比她们差吗！想起母亲经常说，村里的某个妇女，好吃懒做，家里脏乱得不得了，就因为评为了贫困户，成为环卫工，不做事也照样拿工资，这不就是让老实人吃亏吗？

老实的母亲为了维持这一份"工作"，勤恳仔细做事，不置一言地听着她们或有或无的，关于解聘非贫困人员的消息，就这样做了几年。父亲失业在家，偶尔捡些边角事务，建化粪池、捡屋瓦，绝大多数时间，他换回了以前母亲的身份，开始在未被征去的几分田里刨食。但他也看不惯母亲了，很多次说道，他们给你那么少的钱，你做得比任何一个人都积极，他们会看到会奖励你这个"积极分子"吗？我知晓后也忍不住想去问问，是不是因为"身份"不一样，待遇就不一样，但在母亲流露的被解聘的隐忧中，只好作罢。

那段时间我特别恨自己，为什么不能像其他人那样，找到一个好工作，拿一份高工资，这样父母即使不做什么，也可以安然地生活，不去为生计犯愁。父亲是在他这一行的黄金时期被迫"下岗"的，他曾经一个月的工资，比得上我做几个月，虽然嘴上不说什么，心里也很不是滋味的吧。母亲在步入晚年前，获得了人生中第一份"正式"工作，看着是满足多于抱怨，她终于可以凭借一己之力，负责家里的伙食开销，有时还略有盈余。看着她每天着急做饭，有时候来不及吃饭就拿起扫把和撮斗，急匆匆赶到清扫路段，回来已经是中午了。我很心疼，又不知道怎么安慰她，也不知道怎么安慰自己。想想自己虽然是在编职员，可是和同单位其他身份的人比起来，发到手的工资也是差一大截，也就是"身份"的不同。我们除了抱怨，生闷气，又做出了什么来改变呢？我忽然感觉到了双倍的苦楚，为自己，更为母亲，为我的无力争取，也为她近乎低声下气的自保。

母亲的满足和耐心，真的和"积极分子"一个模样，让我们也不忍心去伤害她，而我只能自责自己的无能，然后自嘲似的，认为父母年纪都大了，每天有点事做活动筋骨，一动不动更不好。父亲失业之后，身体的毛病就显出来了，砌了几十年墙，手的神经开始出问题，抓举变得困难，从马凳上摔伤的脚踝，也影响了行走……当上环卫工的母亲却不一样，她好像比以前更鲜活了，更愿意主动和我们去谈论一些事情，而不是把它们憋在心里，或者只向牲畜倾吐。她从前哭诉的时候，都说因为我们几个还小，舍不得一了百了，干上这份工作后，大概我们也长大了，她就没再说过，人生也仿佛有了盼头。

我不知道母亲在接受这份工作，接受这种身份的转变时，内心里是否有过巨大的波澜，是否思考过即将来临的人生与过去的几十年有无不同，不同又在哪里。我没有问过母亲，她也没有主动和我们说起过。她现在更喜欢说吃食，说她每天早上起来，去学校门口的菜摊上买什么，有时候也会抱怨，说那几个菜摊菜太少，又没有时间上圩，每天轮流地吃着几个菜，都要腻了，口气就有点像城里人。我听见她抱怨这些，其实心里无比舒适，我想她终于不会因为父亲的抠门，再向我们控诉了。父亲在角色的转换之后，性格似乎也软弱下来，不再争强好胜，因为疲累而乱发脾气，他会主动做家里的事，田里的事。有一次，母亲出去扫地，忽然就下起雨来，父亲竟让我去送伞。我笑话他，说这一路上都是人家，母亲才没那么傻，宁愿在外面淋雨。我有时候也会劝她，不要就盯着那几样菜来买，那些你没有做过的，都去尝试一下，保证营养均衡。她每次笑过之后都会答应，但我知道她并不会买。

那些东西并非更贵，只是母亲早已习惯吃了几十年的食物，很难再去尝试新的品种。这也是她的性格，尽管工作占据了她一天中的大部分时间，她与其他人的关系似乎并未亲密起来。她仍然和鸡鸭说话，声音感觉更绵柔了，这种绵柔不是因为身体的虚弱，而是人性中更柔软的部分，犹如在水底憋久了后，终于在水面上换了气，安下心来。

整个家里，只有母亲郑重其事地对待这份工作，甚至当作了她现在最重要的事情，其他都排在次要地位。有那么一刹那，我忽然觉得，母亲对这份工作，除了对被施舍般的珍惜外，更多的是出于一种本能的热爱。

这并非臆想。母亲都对土地有一种由来已久的热情，对乡土因习惯而变得依恋，她只要一有时间，就会去侍弄田地间的物事。今年过年，因为新冠疫情，村里也限制外出走动，她闲不住，就在附近被推倒的旧屋上，拾掇了好几天，终于去掉砖石，平整出了一小块地，说用来种辣椒。我问她，这样随意在人家的宅基地上种菜，不怕骂吗？她说去年她就和这家人打过招呼了，反而是那个在这里种鱼草的人，就没有得到人家的允许。

母亲经常讨嫌的事情，就是她做事很慢。只是这种被我们误解的慢，带来的结果，是家里到处干干净净的，尤其是厨房，每天她都要收拾好几遍，那个贴了瓷砖的灶台，还像多年前刚建好一样，时刻反射着窗外的亮光。有一次，村干部在村里登记信息，路过要口水喝，也不禁感叹，好干净啊！不久家门口，就被村里贴上了"清洁家庭"的标语，大概就是鼓励其他人家向母亲学习。

母亲近乎洁癖的性情，让她对待乡下随处可见的垃圾，那些已然失去了价值的东西，也显得执拗起来，总是用心清扫，不露烦躁。她不知不觉就把屋外一片更大的地方，当成了家的一部分，家的延伸。在她面前，我觉得自己对家乡的热爱显得淡薄而虚伪，从未落到实处。这样想来，仿佛不是母亲选择了这份工作，而是这份工作选择了母亲。她不是应付，而是像家一样，虽然琐碎，却还是在用心经营。后来有一次，我放假回到家里，母亲笑着和我说，她现在的工资，和那些有"本子"的人是同样的了。我在她的脸上看不出更多的表情，似乎更多的是欣慰，她终于不用在忍受"身份"差别的同时，再受到待遇差别的伤害。

# 旁观者

他最初把黄色的共享单车停在一个炸鸡店附近，单车旁边放着几个镶黄边的外卖箱，他蹲在那里整理着什么。当时也没有在意，以为是一个等着出餐的外卖小哥，累了，在这里歇息。

不过一切已经很明显了，如果留心一点，哪怕稍微把意识集中到这件事上，就可以很容易发现问题：用共享单车送外卖，要多么不经意才会将它们拼合在一起。况且，外卖员都是有统一着装的，他并没有。

当时下班，我途经那里回宿舍休息，从接近到远离，也就几秒钟。虽然那条路上，已经有了一个常年寄居的老妪，忽然而至，在每个夜晚关闭的门面前，都睡过几晚，不见病痛，身体硬朗。谁会关注那么多呢，自己的生活就一团糟，还要节省一切不必要的开支，应付每月准时到来的房贷账单。

有时候联想到国外的流浪汉，拿他们和她对比，总觉得还是她更凄惨。听说欧美高福利国家的流浪汉，都是自愿并享受流浪的生活，强行安置或者发放福利，他们或许还不乐意。谁知道这条不长的单行道上，又多出来一个无家可归人呢。

短暂的休憩后往办公室走，发现他还在那里，这才注意到了那些异常。破旧的快递箱子已经打开，里面装着各种东西、衣服、塑料袋、矿泉水瓶。他正拿着一个装水的瓶子，专心清洗共享单车的车身，原本亮黄色的单车，已经遍布深浅不一的污痕。单车没有锁，整个装置已被拆掉，两根瘦弱的骨架照进眼睛，异常醒目。

他留着一头长发，浓密，油腻，后面的发尖已伸入衣领，衣领也黑了。看不出他衣服的原本颜色，全身都是黑的，脸上也是，还有穿着拖鞋的脚，也是黑乎乎的。我当时就很奇怪，为什么他用水洗车，却不先把脸洗干净呢。不远处坐在地上的老妇，每天起床都要在街边的水龙头下掬水洗脸，洗衣服，有时候还去远一点的公共洗手间洗，我都看过几次。尽管她一直睡在街边，那么久了，身上和脸上总是干干净净的，不招惹人厌烦。也许是已入冬，气温骤降，因为冷的缘故，他不敢直接把水浇到脚上和脸上。

傍晚下班后经过，被他吓了一跳，不知道两个外卖箱竟然能够装那么多东西，拉拉杂杂，在他的周围摆了出来。好像这块两三个平方的瓷砖地面，就是他的家了，他掏出了所有的家当，按他的想法摆得整整齐齐，方便顺手。空外卖箱堆在脑后，像一面厚实的墙，共享单车拦在他正对面，就是一扇简易的门，他在门后面仰躺着，没有衣物覆盖，显得很单薄。黄昏的暗淡光线，穿过南方浓郁的绿化树，洒下的光亮已所剩无几，他躺在杂物的后面，被不断堆积而来的黑暗所覆盖，竟有些阴森可怖。我加快脚步离开，同时也在疑惑，这段短短的街道，为何这么吸引流浪者呢。

我像绝大多数人一样，对陌生的流浪者有着本能的排拒。看着他们身上肮脏的衣物，不用走近就能闻到的刺鼻汗酸味，还有那呆滞或可怕的眼神，总将人排斥在几步路之外。那个老妇人到来的时候，我曾想过给她一些吃食，可心里害怕建立这种关系，有过一次，就意味着还有下一次，除非她从这里消失。下一次之后呢？我狠狠心，就当她不存在，每次路过都目不斜视，渐渐也就心安理得，看着她活得挺好，也就无所谓起来。直到现在她还在这里。这个街区的片警每天把巡逻车停在她面前，低头一直玩手机，却从未见过他们走下车，去到她面前嘘寒问暖，在他们眼里，她就像与己无关的人一样，也是不存在的。

就这样，他的出现，多少还是影响到了我。一次折磨不够，还要更多吗？我不是圣人，没有足够能力救济，但良心上总是过不去。我知道这是仅存的一点善意在作祟，我不是一个好人，也无法承受无能为力的绝望，所以只能变得和别人一样硬心肠。

就这样，他在这条街道上也安顿下来了。他的邻居就是比他先来大半年的老妪，两个人有时挨得近，有时离得远，但总在这里，似乎也在默默地相互照应着。这条百米左右的街道，一下子有了两个流浪者，我在这个城市的其他地方没有见过。这里的居委会，和每天巡逻的片警，也没有采取任何措施，帮助，慰问，哪怕是驱赶，都没有。他们每天准时醒来，天黑后又早早进入睡眠，有时候看见他们在垃圾箱里扒拉着，却总不见因此拉肚子或生病，也没因为饥饿行动不便。除了没有一处关门闭户的房屋，他们就像这个城市里的所有人一样。

有了对比，他的不同就很快显露出来。老人面容清洁，衣服干净，随身的东西很少，一块床单一样的布铺在地板上，偶尔有一个饮料瓶，大多时候没有，其余的用品都被装在一个塑料购物袋里，折得四四方方，让袋子也有棱有角的。

他作为一个男人的散漫和缺点在她面前就暴露无遗。他的头发油腻杂乱，脸黑黑的，胡子拉碴，衣服就更脏了。尤其让人惊讶的是，他不仅随身携带来几箱东西，在这里"驻扎"下来后，他又开始了收集。各种饮料瓶，垃圾袋，装着倒掉的食物或其他东西，被他挑拣完后，随意丢弃在铺盖的周围，从不捡拾。他选的栖身处，在一个搬走的花店门口，店内早已搬空，徒留四面空荡的墙壁，店里的地板上是丢弃不要的花盆杂物，不开灯就显得特别昏暗。花店安装的是玻璃门，挂着一把锁，他就躺在门口，店内的黑暗倾泻出来，仿佛也将他覆盖了，看见的人不自觉就会离他再远一点。

刚开始来这两天，他好像对周围的一切都还很生疏，像个听话的小孩子，每天都窝在自己的地铺上，整理着两个外卖箱里翻出来的东西，不言不语。渐渐就有了改变。

他慢慢地在铺位面前走动，有时候来到正道上，让过往的行人都放缓脚步或停下来，注视着他的一举一动，生怕他做出什么事来。但他似乎并不想伤害他人。看见别人迎面走过来，他会稍稍往街边退一些，好让他们经过，他大概也懂得人情世故，不挑衅，不让目光和过往的行人接触、对视。我有时候下班路过，都会注视着他，出于内心的害怕和对无家可归者的不信任。

其实这种心理的戒备，我很小的时候就有了。有一年刚发完大水，我们村来了一个外地戏班子，在家对面的坪地上杂耍，为了讨要一些吃食，估计也是受灾无奈。这个新奇的事物吸引了我，让我一直跟随着他们，直到他们因为饥饿而来到我家门口时，我心里很希望爸妈能够给他们一些食物，虽然我们的东西刚被洪水浸泡损坏，境况窘迫。后来父亲从自家的锅里给他们舀了一些粥，才将他们打发走。

入夜后他们没有地方休息，在村子里转悠，就让父亲警觉起来。洪水过后，还有什么好偷抢的呢？但父亲显然不是这样想的，他不仅要照看自己的财产，还要保护好家人，那个戏班子，可是好几个青壮年男人呢。他们睡了一夜就去了别的地方，我家也没遭受什么损失，但还是有传言说，他们夜里在村里各个地方摸索，谁谁家门被推开了，丢了鸡鸭和什么东西。

也许外人进村和流浪者进城不可相比，外人进村，整个村子很快就能知悉各种消息，而流浪者进城，就像一滴水掉入了大海，匆忙的人群谁会多看一眼呢。但那个时候开始，我就对这种带有流浪性质的人群和举动有了戒备和好奇，如今在这个城市里，我们都是异乡人。

他的举动还在持续地发生变化。有一次我下班经过，竟发现他正和停在路边的巡逻车上的警察说话。我很惊讶，想要走近了听一听，他到底会说些什么。走近了才发现，这种对话只是单方面的，都是他在说，车上的人并没有任何回应。他说的是什么，我也听不清楚，语速很快，好像还夹杂着方言。大概是警察也感到厌烦了，就让他走开一点。他随即哈哈大笑起来，就像获得了某种胜利。

因为租处离单位近，我每天来回有五六趟，每一次几乎都能遇到他。他不是坐在窝里翻找各种垃圾袋，就是在路上走来走去，一个人说着什么。他的手时不时还会做出一些动作，仿佛表示打断对方的话语，或者不认同对方的意思。多听几次，大概就知道了他说些什么。

他似乎是一个很博学的人，上知天文，下知地理，当下的时事政治，无所不晓。他一会儿和不存在的谈话者辩论军事，诉说着那是一种怎样厉害的武器，一会儿又在谈论数学，说那个题目应该用怎样一种解法才正确。一会儿说谁当年曾预言了现在发生的某件事情，一会儿又像不屑似的说你根本不懂。

我一直试图寻找到那个倾听与辩论者，看他如何不厌其烦地面对他的强势和喋喋不休，观察他如何坚持自己的观点，如何对疯子的不屑加以不屑。是的，自从听见他面对臆想中的辩友据理力争的时候，我就认定他是一个疯子了。我并没有找到他对面的人。只是有一个早晨，我在上班的路上，看见一个退休干部模样的老人，递给他一根烟，又为他点火。两个人就像多年不见的老朋友，举动亲密，完全看不出他是一个疯子，也看不出老人的眼神里，有什么与常人不同的怪异。

那一刻，我忽然很羡慕那种状态。不知道他们是否真的认识，还是这个老人有着善良的心地，无法为他做更多，至少点上一支烟，也是一种尊重。我更相信是后一种，这种固执里既有自己的懦弱，还有一点歉意。我不会抽烟，但我真希望自己会抽，口袋里随时放着香烟，路上碰到他，就给他点一支，然后互相道别。也许这个老人早已云淡风轻，只有我还在浓云中寻觅与挣扎，在降落中试图继续飞升。

他们没有其他交流，仅仅是点上一支烟，两个人相顾无言，在无风的早晨，口中突出的烟雾在他们周围弥漫着，经久不散。那个时候的疯子，就像一个刚进城的小伙子，带着满身风尘，对未来充满向往。他们安静地吸了一会儿，老人点头示意，就转身离开了。

我在接近他们的途中放缓脚步，一直看着，那是我想迈出又没有迈出的一步，这个老人轻易就做到了。我想上前和他聊几句，关于他，或者关于疯子，都可以。但我还是看着他走远，白色的头发，白色的背心，在青绿色的街道上，非常耀眼。

在去办公室的路上，我一直在回想刚过去的那一幕。也许疯子并不疯吧？他只是太喜欢辩论了，不仅和别人辩论，还和自己辩论，不分场合，也不分时间，他沉浸在自己的世界里，沉浸在思维无限的跳跃里，他觉得身边的每个人都不配与他辩论，而周围的人，只感觉到了他的陌生与疯癫。

可能上天也忍不下去，为了打消我不切实际的想象，没两天，疯子又有了新的举动。

那个时候气温已经慢慢回升，又回到了这个城市非常适宜的温度。下完班，我又在办公室看过一个电影，才离开单位往回走。远远就看见前面的街道上有火光，黄白相间的火苗在绿化树下跳跃着，让我心里不禁悚然起来。

这个城市的人们有个不成文的习惯，每年清明和冬至，都会在街边的绿化树下燃起香烛，烧纸，摆上一些酒肉果盘，权当在外的子孙，给远在冥界的祖辈过节。我因身在异地，清明时节放假也不多，每个节日都是独自在这里过的。临近这天，心里就会涌起一些异样，害怕出门就看见无人的街边，无数的火光闪烁，油脂和纸钱的味道，弥漫在每个角落，让人无处可逃。

大概那种景象天然就有恐怖感，油烟的味道异常呛鼻，街灯的光亮完全被摇曳的火光所遮蔽，整条街道仿佛进入了另一个时空，而漆黑的夜空中飘荡的，就是在山野中困顿已久的鬼魂。我纠结着要不要绕远路回去，想想还是算了，前面也能看见有人走动。

当我犹疑着走到近旁时，才发现是疯子在那里烧火。他不知从哪里捡来了纸片和塑料，不知道哪里得到的打火机，一个人蹲在火堆前，眼神恐怖而怪异。我硬着头皮往前走，忽然听见一些细微的声音，语速很快，听不清说了一些什么，但声音无疑就是他发出来的。

他神情专注地蹲在那里，目不斜视，好像周围的万物早已腾空，天地间只有他和面前的火堆，他仿佛是一个巫师，念叨的是一种神秘的咒语，那么专心致志，更令我感到不寒而栗。

第二天近乎忘记了这件事情，树下一堆漆黑的灰烬，以及若有若无的燃烧塑料的味道，感觉还在空气里飘荡着，又让我回想了起来。我迅速扭头在街边寻找疯子，他竟也看着我，我回转过头，匆匆向前走着。这种对视让我害怕，虽然他的眼里分明含有笑意，这种笑意却像他昨晚嘴里含混不清的词语一样，意味不明。难以断定他不会做出什么极端的事来，我只能避而远之。那个老奶奶估计也被他吓着了，不知道什么时候收拾好行囊，搬去另一个地方，留他一个人在这里了。

我尝试过走另外一条路，把那边的一切抛诸眼外，但最后还是回归到那一条最便捷的街道。当我重新行走在那里时，竟有了一种陌生之感。原本干净整洁的街道，多了不少垃圾，废纸和垃圾袋，在微风中滚动着，尤其是绿化树下，以及街面上多出来的黑斑，让这条街道看起来脏乱无比。

那是疯子烧纸和废弃塑料而留下的黑斑，有火烧的痕迹，也有未能燃烧完全，而粘黏在地砖上的塑料块。那种难闻的味道又在我的记忆里泛出来，让我下意识做出一个捂嘴的动作。他就是一个无可救药的疯子吧，燃烧塑料产生的有毒烟气，他怎么受得了呢，待在火面前，估计嗅觉也早就丧失了……有天看见环卫阿姨正在和他说话，估计是劝他少放点火，她清扫起来太麻烦了。大约意识到自己面对的是一个壮年男子，而且是个疯子，她说话的声音显得轻声细气，带着商量的语气。只是他似乎并未理解她的话语，我夜里下班时，又看见他在树下烧东西，口里说着不知道什么降妖除魔的咒语。

一转眼就到了年末，我请了探亲假，这是未婚外地员工的福利。我早早收拾好东西，就回了老家过年。没想到回去没多久，就传出新冠肺炎疫情的消息，没几天武汉就封城了，然后是整个湖北。

我在家一直滞留了两个多月。刚开始老家这边不放行，去机场的路上设置了七八道关卡，然后是单位那边不让回，要我在家等通知。这是我离开学校以来，在家休得最长的假期，在和家人打坏了好多个羽毛球和乒乓球后，终于获得了返程的消息。回到城里，又在租房自行隔离两个礼拜，等到可以上班，我早就迫不及待了。

只是在这条路上，我再也没看见疯子。他的那一堆东西，共享单车、外卖箱和其他乱七八糟的，通通消失不见了。路上被他弄得脏污之处，大概被环卫工人，也被雨水冲刷得干净不少，隐隐只能看出痕迹。那个老妪倒是又回到了这个地方，在她习惯的地板上，重又生活了下来。

他的消失给我带来了些许失落，就像习惯了的某种事物，有一天被你遗失了，再也找不回来。我清楚他在这条街道上，睡过哪些地方，在哪几棵绿化树下，施行过他不为人知的巫术与咒语，他无锁的黄色共享单车，还有他当街撒尿。他就是我在这个城市的乡亲，彼此陌生而又熟悉，从不问候，又会不时想起。

我期望是他回归了正常的生活，回到他离开的地方，而这段流浪生涯，仅仅是他一个过于长久的梦。梦醒了，生活也就回来了。

# 凝　视

　　这里是城中村北面的尽头，再往北就是一间公共厕所。这栋楼有五六层，因为地基高出路面半米多，进出的楼道口，修建了一块几个平方的平台，再往出就是两三级台阶，挨着人行道。

　　我从租住的巷子里往外走，经过这里去办公室，它就蹲坐在这个平台上，我看着它的时候，它也正看着我。

　　这应该是一条斗牛犬和不列塔尼猎犬的杂交品种，斗牛犬的基因占大部分。我不知道这两种犬类是否可以杂交，只是仅凭外观推测。我家也养过不少狗，但大多数都是土狗，也就是中华田园犬，也养过金毛和泰迪，但和眼前这只，并没有什么相像之处。

　　它的身上是和不列塔尼猎犬一样的橘白斑纹皮毛，尾巴似乎只留下一半，对它这个体型来说不长不短。据说有的不列塔尼猎犬天生就没有尾巴，有的长长短短，更多是人为造成，为了不影响身体平衡。它的耳朵却和斗牛犬的相似，不是长长地耷拉下来，盖住耳窝，而是像折耳猫那样，在耳朵中下部折下来，盖住了，又好像没有完全盖住。其实根据它的面部，应该可以确定这就是一条斗牛犬，褶皱覆满了它的整个脸孔，眼睛的位置比较低，圆圆的，看着有些外突。只是它的腿脚却很瘦直，不像斗牛犬那么粗壮，分得那样宽。

它的毛色整个偏散乱灰白，眉眼间可见衰老之态。

　　我固执地认为它的年纪已经不小了，不管它的体态是否也显现出来，因为它的主人是一个八九十岁的老妪。她的体型瘦小，即使在这个亚热带附近的省份，这样的身高还是过于矮小了。岁月仿佛在她的脸上已经固化，成为一条条规则的皱纹，她与别人交谈、她呵斥狗的时候，都只有嘴巴在动。她大概是房东的母亲，精神好，养狗，周围的人都很尊敬她。

　　这条狗似乎也因为主人的身份和地位，有了其他犬类没有的从容和自信。我看着它的时候，它也毫不畏惧地看着我，我在打量它，更像是它正在打量我。我怀着一直以来对狗的亲切和热爱，没有退缩和回避，直直地看着它。它也没有因为警觉，抑或作为宠物而有的卑下，转头看向其他事物或低下头来。我平静地看着它，它也吐着舌头，无所顾忌地看着我。

　　我想起过往有过的与狗的亲密举动，大部分是与自家的狗，这种所属关系带来的信任感，让我对它们做出何样的举动，也不担心会被犬牙所伤。"它们"并非指我家同时养了很多条，而是在过去的几十年间——主要是年幼时候的那些时光——我们曾一条接一条地养着，随着它们意外离世，渐渐在另一个世界就成为一个群体，在我的心里也就不再区分彼此。就好像同时拥有了它们，每一条的样貌都很真切，都能够想起它们各自的不同。

　　家里的土狗一般不洗澡，不像宠物狗，所以也不会娇生惯养似的抱起来，最多就是等着它扑过来，任它不干净的趾爪搭在裤腿上，捧住它的头，捏一捏，然后摇一摇。捧住头的时候，我就能与它的目光对视，不过对视不了几秒。通常都是它不愿意了，眼睛往别处看，接着就想把头从我的手中摆脱出来，重新再扑，或者跑到别处去。只是这种对视过于简单了，或者当时的自己过于幼稚，觉得那眼里闪烁的光，不过是看见主人时的兴奋。除了这个，还有什么呢，完全体味不到那目光背后的东西。消逝的举动或耐人咀嚼的意味，枯燥的或者神秘的，惊险的或是痛苦的，都没有。我的凝视里，已经有了想要凝视的东西，所以目光也只能看见那一些。

是什么让我认定，当我凝视趴在平台上的这条狗的时候，看见了自己以为是的那些意味呢？如果人有人性，那么狗也有"狗性"吧，就是这只狗散发出来的狗性，让我没有从与它的对视中一掠而过，反而看见了更深层的部分。

我曾经察觉出一个很有意思的现象，当我把这种发现写在朋友圈时，竟有很多人与我有相同的感觉。每天在路上，我都能遇见很多人带着宠物狗，在这条街道上散步。最初只是匆忙一瞥，人与狗也没有对上号，后来渐渐遇得多了，人的样貌熟悉起来，就连他们的宠物狗的品种和样貌也熟悉了。忽然有一天，狗与人之间别样的关系就呈现在我的眼前：宠物狗的长相竟有很多分像它的主人。确实如此，有一个白发苍苍、胡子苍茫的老爷子，每天都要在这条路上散步，他的狗也是白毛，似乎从没有修剪过，那种莽苍的模样，和它的主人很神似。另外一个老人，大约是身体不大好，脸色黝黑，身体肥胖，行动迟缓，他走在这条路上的时候，他的宠物狗，也是黑色的，身体肥胖，行动迟缓。主人走一步，它也走一步，纵然前面有其他的狗在挑衅，它也无动于衷。

朋友们也在诉说他们的发现，大多是表达一个意思：确实如此。也许狗在与人的相处中，它们不断地调整自己，以期与主人更加一致。它们也许是模仿，自己根本没有发现其中的特别，但在人看来，它们的模仿便是另外一种含义。它们改变了狗的天性，而逐渐有了人性。以至于，当我们面对媒体上报道的一些其他物种的奇异行为时，我们会感到惊讶，认为它们"成精"了，"精"便是具备了人的成分，有时候甚至高于人，达到了一种更加神秘莫测的高度。

只是我们很少在动物身上用"人性"来描摹，至多只会说，"通人性"。我们不愿在抬高其他物种，尤其像犬类这样附加了贬损成分的动物时，也将自身降格为猪狗一般的货色。人类的尊严与高贵在此刻彰显无遗。不管怎么样，被人类驯服、豢养的物种，都是要低至少一个等级的。有的生物学家，或者各类物种的研究专家，他们试图让人类在面对某一类物种时，放弃长久以来的偏见，将它们与人本身平等对待。怎么可能呢，人就是最高级的灵长类动物，这种自傲早已凌驾在一切生命之上，因为万物在人类面前，都表现得那么驯服，丝毫没有还手之力。

我尝试换用另外一种表述方式，在生命面前，人与物是可以平等的。这种表述，只是人类本性对未来或未知的一次小小让步，是喊出尊重其他物种的一个口号，尚且算不上一次行动。一个科学家可以说自己已经将一种生物的习性，它的生老病死研究透彻了，甚至可以用克隆技术，将它完整复制出来。只是这样真的就完全了解了吗？借用庄子的话："子非鱼，焉知鱼之乐"。它不是诡辩，而是附加了一种更加高尚的人性因素，或者说，超人性的因素，去凝视宇宙间的一草一木。一种更加接近万物平等的凝视目光。

将讨论一条狗的话题，提升到这种高度，似乎暂且没有这个必要，但要用人性来概括那条狗给我带来的感受，又感觉不妥。它的眼神里，确实有一些非常尖锐凌厉的东西，但不是兽性。它早已丧失了一条狗的警惕和敏捷，显得慵懒与无所谓。那更像是一种平静的深邃。就像时光不断打磨，将一颗宝石粗杂的表皮去掉，只剩下纯净无瑕的内在。不论外界如何侵蚀，依然难掩它的光泽。

这种平静反而令我心生怵意。它对我的一切毫不知晓，却在对视的一刹那，洞穿所有，在它眼里我就是一个透明人，什么也遮掩不了。我看着那双眼睛如黑洞般，一点点将我吸进去，再不转移，仿佛整个人都将即刻消失。

因为它行将就木，时光给予了它高贵的赠予吗？还是它无限顺从主人后，便也有了主人的洞识，无以言说，却又精准无比？好像每一种都不足以至此，两种加在一起，仍旧令我存疑。也许作为狗的一生，"狗性"也在不断往前伸长，像植物一样会开花，像水滴一样会结晶，然后化作自身的品性，难以理解，但却真实存在？

我缓慢回想曾目睹过的它的模样。那个老妪因为身体康健，无法忍受自己待在房间里，总是不断外出，每次都要把它带上。有时候拿一根细竹子用来规训，有时候什么也没有，背手顺着这条路往前走。而我牛高马大，总要在走完这段路前，从她身边超越过去。其实每个落在她身后的人，总能轻易地走到前面去，因为她走得实在太慢了。我每次都无法知晓一人一狗走向何处，也从未见过人与狗分开来，独自走在路上。它更像是一只导盲犬，尽管没有绳索，她也没有失明，但它总走在她一两步前，不急不缓，犹如训练有素。偶尔它会离开这个位置，但很快就会被她呵斥回来，她不允许它偏离，哪怕在她旁边不远或在身后逗留。她迈着年老的小碎步，缓慢中透露出急切，因为脊柱的弯曲，她的下半身似乎总要比上半身更靠前一些，两只干枯的手前后甩着，显现出与这个年纪不符的力气。

它的眼睛虽然看着前面，它的脑后仿佛还有一双眼睛，知晓她正注视着它的一举一动，令它不敢恣意妄为。当它乖巧沉着地走在她前面，目不斜视，对周遭的一切都不为所动的时候，我会觉得她们的关系并不是狗与主人，而是另外一种。也许是母亲和孩子？想到这里，我不禁也为之一惊。把这种关系赋予人与狗之间，尤其是她与它之间，就变得颇为严肃。我无法像短视频里的那些"铲屎官"一样，将人与猫狗的那种近乎溺情的关系，演绎在她和它的身上。很显然她并不溺情于这条模样衰老、早已丧失活泼的狗，它看起来如此瘦弱，并未成为搞笑视频里的"奶奶养的狗"或"外婆养的狗"。她规定着它的行为举止，就像一个尽责的母亲，不愿让她的孩子堕入与流氓混混为伍。她对狗的教唆，更像是对待一个幼小的陪伴者，她需要它的相守，更要它循规蹈矩，让她少操点心。

她有时候会分心，心里想着什么事情，便会让它脱离自己的管束，不再费劲地要求它，而它似乎也心领神会，步伐轻快，渐渐便与她拉开了距离。她也许是想起了某个早已逝去的人。有好几次，我迎面向她走去时，都见她的手里拿着一两片黄褐色的叶片，那是更远处，那棵木菠萝树的落叶。那是这条街道上的绿化树中，叶片最为硕大的一种，其他树种是香樟、扁桃和小叶榕。她拿着捡拾到的大叶子，步履平静地走到一棵小叶榕下，把叶片插在朝向街面的树根下。小叶榕的板根刚好形成一个凹陷的窝，那些叶片斜靠在那里，已经有一小堆了。

这条狗却并不用参与到这个带有某种仪式感的行为中来。这就像是她与它之间的某种默契，它知道在某些时候，主人不需要它，它可以获得短暂的轻松。这种短暂时刻，似乎有一种隐幽的情感磁场，让它避离，但又必须在某个合适的距离停下来，等她渐渐走出，然后再一同前进。

在那些更多我未曾目睹的时候呢，这条狗究竟都经历了什么？它沉稳淡漠的狗性，让我察觉到了事实的复杂，它和我遇见的那些犬类太不相同了。

我几乎能够从它的对视里看见某个人的神态，但那并不是某个特定的人，我也并不熟识，但最后还是定格在那张狗的脸上，无惧，却又令人不安。似乎它就要冲将下来，对着我一顿撕咬，让我在它面前显露原形。它的两条细短的前腿舒适地往前伸过来，并未因此往两边叉开，以便快速借力，支起瘦小的身体。它的放松姿态有种迷惑性，经由它的眼睛传递过来，反而令我不知所措。

片刻的凝视，我的疑惑不仅是对狗，更是对自己，急遽地漫散开来。

它的眼神挑战了我对狗的认知。出于自我的敏感，或是人性的尊严，我几乎不愿承认我被它打败了。它没有在我的身体上留下伤口，却在我的内心深处，制造了一个难以弥合的创伤。它好像僭越了物种之间习以为常的秩序，也许只是稍微地流露痕迹，并未带来认知的颠覆，但是已让我感到震惊。

大约与我的内向有关，在与他人的交际中，我很难与对方有长时间的眼神交流，这种长时间也许只是几分钟，或者几秒。他人的目光总是充满了丰富的意味，有时甚至超出了交流的内容，向其他方向偏移，更加不敢直视。然而一只狗的眼神，如何在消除兽类的警觉与防备后，充满了与它并不相称的云淡风轻？也许是近朱者赤，近墨者黑，近老者也变得老成世故吗？或者那双眼里只是无知与坦诚的目光，向对方流露出满溢的信任，期待着对方流露相同的眼神？它并没有受到人际交往的复杂与尴尬的影响，没有出于礼节的人性约束，完全出于自然和本能，敢于对视，渴望交流，随时做好准备。

或许我只是过度解读了与它的对视。最早出于对犬类的美好情结，接着将它与年迈的主人类比，又不可避免地想到了人与兽的区别，最后只能反省自己。我完全忽视了交流的最本真的感受，它无须过多阐释，有时语言交流不了的，可以用动作，动作解决不了的，可以靠眼神。眼神的交流能够跨越物种，在不同的属类中达成意愿。这也许是上天赋予我们的一项宝贵技能，很多时候人类却拒绝使用。

然而这也只是为了安慰自己罢了，我仍旧无法从这种凝视中解脱出来。也许我受到了冒犯，我属于兽类的某些本性此刻暴露出来了。我在与他人的对视中败下阵来，我由此变得更加敏感和脆弱，直到遇见这条狗，在与它的对视中，我再次占据下风。长久的忍耐让我蓄积了无数的怒气和恶意，对这样一条瘦小的狗，我怎么忍受得了呢。但我并未对它动手，不是顾忌它的主人，而是某种难以表达的东西。就像前面提及的，我总是对未知充满好奇与恐惧。它让我无法迅速地做出决断，将一切变得简单明了。

我凝视它，刚好看见它也在凝视我，它的身后是年迈的主人，我的身后是川流不息的车流，我们就像彼此的镜中影像，对这一刹那的凝视，充满新奇，但更多的是漫无目的。

辑

二

# 枯　井

　　枯井就耸立在门前。

　　它的井檐应是从大青石中凿出两个半弧形，拼成的一个圆。两片圆弧上再凿出两个半圆形，想必当初是为了固定打水用的木头，用过长久，深浅不一，但如今皆已废弃。它早已不是大青石那种泛青的样子，而是一片暗黄，外围碎裂成粗糙的砂纸质地，触手便能感觉到一种阻滞。它们与踏石板相接的一圈，已经内蚀得凹进去了，似乎再过不久，井檐就会压下来，这座井就会矮下几公分。

　　但这种隐忧从未发生，相较于沉闷的青石，人的一生简直太短暂了。如果走近去，从井檐往下看，就能看见被填埋得离地面大约半米的井内，四围都是用青砖垒成的。一层层往下或者往上，如果不是井内的泥土或杂草，以及周围人随意丢进去的烂东西，也许就能顺着长满青苔的砖石，看见井底幽碧的水面，感觉到隐约泛上来的阴凉之气。

　　我最初感觉到它的存在，还是幼年时。离它十几步外，是一座木头杆栏式的房子，被村里人用来堆放稻秸秆。房子的黑瓦下，挂着一个巨大的马蜂窝，我和村里的小伙伴时不时就要拿竹竿去捅两下，枯井就是一个很好的藏身处。那时井边种着树，看着青绿深幽，给人一种晦暗的感觉，不自觉心生恐惧，一般不敢靠近。

几年后村子里的人家慢慢往外扩建，把井边的树木都砍伐了，它的边上最先出现一个猪舍，每天都传来猪的哼唧声，还有粪便的恶臭。后来一户人家买下了井边的另一块地，打地基时就紧挨着井檐了。从那时起，原本空旷的地方，就变得挤挤挨挨，这口井好像是多余的，但从没有人提议将它拆除。

很多人对这口井被填埋都避而不谈，就像称之为家丑的很多事情，紧紧捂住，私下里却泄愤般说个没完。关于这口井的故事，犹如现在它被填埋的模样，只露出浅浅的一小部分，更深邃的东西，早已被泥土般的时间碾压得结结实实。

据说几十年前，曾有一个女人在这里投井而亡。这个女人的丈夫则隐约地指向村里的一个人。之所以用到隐约，是因为在童年的记忆里，无法确定。那个女人似乎得了疯病，在大集体时代，村里劳力都出门后，她选择把自己丢进了井里。

井本是一个地方最为宝贵的，很多想自寻死路的人都知道，选择何种方式了结一生，都不能选择投井，除了某些不可原谅的理由。当回村取水的人看见井里的一切后，一定吓得不轻，随之而来的处境即是，这口井是否还能再用。结果如今早已知晓，几十年前的人们以恐惧和绝望的心态，从别处挑来泥土，一点点将这个深入地底的孔洞掩埋起来。仿佛埋葬一段不愿回首的往事。

那个人此后没有再娶，在一栋空旷的大宅里，含辛茹苦地将唯一的儿子拉扯成人。他在以前的年代做过什么我一无所知，当我的记忆将他容纳进来时，他高瘦而文质彬彬的样子就出现在我面前，但他并非老师，或者其他从事文化工作的人。他是一个小贩，在隔江的镇上有个摊位，贩卖着吸引女性的廉价饰品。后来有段时间，就是在他认了一个干女儿之后，他们的小摊位开始打耳洞了。他也贩卖过《新华字典》，有一年我和姐姐需要用到，就带着钱跟随他进了那栋大房子。

小小的庭院里收拾得井井有条，种着一棵桂树和几棵茶树，地上是绿茵茵的草坪。院子里还有一口承压井，出水口下是一个塑料桶，最上面铺满了石头，中间铺的是粗砾石，最下面是绵绵沙，后来他有几次对我讲解过滤的原理，脸上都是陶然自足的表情。那次是我印象里第一次出入他们家，干净的庭院，昏暗的室内光线，他开箱取出字典时刀子划破胶带的声音，此刻回想仍然清晰可辨。

后来出入他家，都是和父母一起。初中毕业的姐外出打工，往回打电话就是打到他家里，他是我们这里最早装电话的两家人之一，另一家和我们关系不大好。一有电话打回来，他就走出屋子，穿过一个祠堂和院落，沿着姨妈家背后的小路走过来，让我爸去接电话。我爸通常会叫上妈和我一起去，他听完电话后，就会问姐要不要和妈同老弟说几句。真的是只说几句，在别人家接电话总是有一种奇怪拘束的感觉，我们也不知道如何组织语句，姐问什么，我就答什么，末了嘱咐一番就挂了电话。那个时候他就把调小的电视音量调回来，问我们要不要坐一坐。

他在外省制衣厂的儿子有次带回一个女朋友，在面前的老祠堂里摆了酒席，他的干女儿就再没来过。村里大兴土木时，他们在外面建了新房子，搬了出去，他还是会时不时回来，在空荡荡的老屋里转转，回去时带走一些旧东西。从那以后就很少再见到他，搬过去没多少年听说就中风了。有一年从外地回来，路过他们的新家，爸说要不要进去打个招呼，我们就进去坐了会儿。当时他坐在轮椅上，还是以前的样子，不过眼神里多了些衰老和感伤。再后来就听说他过世了，当爸说起时，我竟难以置信，那次见他的样子，精神头还很好呢。

在我的印象里，他一直都以那种清瘦文人的形象留存着。后来当我每次想到时，不禁对他年轻时候的样子产生遐想，那会是怎样一个人，那又是怎样一段往事呢？家境富足，仪表堂堂，也许他的独守，就是一种爱情的坚贞？

被泥土填埋的枯井，也就变成了一段被紧紧密封的往事。没有人再重提，哪怕是他自己，似乎也再没有在井边驻足或徘徊，每天经过，都是一副匆匆忙忙的表情。甚至与之无关的村里人，也不再将这口枯井视为不祥之物，任由孩子在那里游戏。

由于枯井就耸立在我家门前，有段时间，家里一只白鸭子无处圈养，就干脆把它放在了枯井里。一米多高的井檐，离地面半米多的泥面，围出的空间虽然不大，但放养一只鸭子已经足够了。那是一只不同寻常的鸭子，在下第一个蛋时，它从大雨淋漓的水洼里急匆匆跑进屋子，伏在桌下生蛋，生完便又兴冲冲去玩水了。它也懂得人语，有一次我抱着它去池塘里，让它游一会儿，然后唤它回来，它就径直游进了我伸进水里的手心。

那些都是多年以前的事情了。有次我偶然问起父亲这口井为什么被填埋，他说水不好喝，涩口，大家都去另一口井挑水，所以就荒废了。一切云淡风轻，却让我大为惊讶。留在我脑海中有关这口井的隐秘往事，又是从何而来的呢？我没有追问他，有些记忆或许是父辈们即兴编造唬小孩的，而我信以为真了。如今老人也已作古，这些记忆，更适合当作一段传奇，是一份特别的怀念。

如今枯井边的猪舍早已倒塌，旁边的房子也从一层加到了三层，远远看过来，它就像是一棵大树的树桩，枝干被砍去，只留下一个巨大的死株。春天的时候，妈种在猪舍边的南瓜苗会攀缘过去，绿色的大叶子便将它掩盖起来。如果心生好奇，你只要拨开井口的叶子，也许就能看见里面清澈的水面。

# 老屋下

老屋下是个地名，顾名思义，还有个新屋下，在它的北边。

我妈喜欢逢圩，有的地方叫赶集，她走路慢，总是要抄近道。穿过老屋下到新屋下，再到东红桥，比走大路要快十几分钟。所以她洗好衣服，匆忙拿着一个布袋往外走时，身影最后总是消失在老屋下的那片瓦屋下。

我们家这爿叫洋脚下，最多的时候住着十几户人家。往东一百多米，隔着两口水塘的地方叫水角上。由此可以推测，我们洋脚下和老屋下，甚至新屋下，地势其实是更低的，小时候涨水，我们这里总是被淹，水角上通常都淹不到。我爸去唐江和去赣州，说法也不同，叫作上唐江，下赣州，应该也是一样的道理。但光靠双眼去看很难看出哪边高，哪边低。

附近多水，除了刚刚说的，洋脚下和老屋下也隔着两个水塘。洋脚下的南面更是有一口大水塘，它的西面连接着牛牯岭下流过来的溪水，东面有一个出水口，一直汇到严屋那边的小河。也许是水量丰沛的缘故，这块小小的地方，有两三棵古榕树，都有一两百年的历史。洋脚下一棵，老屋下两棵。

做小孩子时，我们除了洋脚下的会一起玩，偶尔也会和水角上和老屋下的小孩子一起玩，但玩得不多，大部分不熟。尤其是水角上的小孩子，生性顽皮，甚至有些无赖，我们看见他们，有时候会自觉走开来。后来长大到读初中，成绩不好，爸说考不上县中就去砌墙，老屋下有一户人家的两个儿子读书厉害，我有一段时间主动接近他们，但没说过几句话。

在我印象里，老屋下的人家相比于洋脚下，好像还要穷一些。我不知道自己为什么会有这样的印象，也许因为旁边住着一个台湾佬，出钱专门在水塘间给我们筑了一条路？或者是，两个伯父在铜矿工作，时不时会接济一下我家？又或者，当时爸是一个泥水工，会砌墙，而老屋下的那些人，几乎都没有技术，至多只能给爸当小工，担红砖和拌砂浆？也许只是一种直觉的认识，他们大部分人都住在水塘边的大榕树下，荫庇产生视觉上的晦暗，瓦墙常年不修，更显斑驳与破败？

虽然生活里不常往来，但进了学校我们就是同学。老屋下就有我好几个同学，也有我二姐的同学，他们大多数都是姐弟或兄妹，就像我和我姐一样。在课堂上他们也是很羞涩的，一看就是老实本分人，和人说话都是回复，很少问询，嘴角抿笑，目光柔和。这样的人几乎从不主动接近他人，所以要玩到一起也是不大可能的。和我关系好一些的那个，直到现在，我也只去过他家里一两次。

很难说清到底是什么缘故，尽管就隔着一两个水塘，人心却像隔着一条大河。但那边人家的生活隔着水面传过来，反而看得一清二楚。

我所说的那些人家，也就是住在水塘边的那几户，往北走住里面的，我大多就很陌生了。他们沿着水塘建起一溜房子，从东往西，操持着各自的营生，水塘边种满了竹子，相互间隐隐约约。

最东边一户最早建起了两层砖房，据说是这户人家的某个儿子很有出息，在县里一个大医院当主任医师。他们家很大，只是常常显得空荡，可能是年轻人常年出门在外，只剩小孩子和老人。小孩子去读书，老人就时常搬一张靠背椅坐在阶沿上，目光定定地看着某个地方。

挨着这栋红砖房的，是并排的两栋泥墙屋，泥墙就是先用篱笆围筑起来，为了防风和挡光，再在篱笆上糊满烂泥，这里住着两家人，户主是兄弟。

住在上边的那家是老大，有一儿一女，女主人好像在产女时去世了，所以这个家一直是残破的模样。按辈分，我叫男人哥哥，但他的年纪比我爸还大，我和他的儿子是同学。他原本在外地"打砂子"，就是挖矿，老屋下上了年纪的人，大部分都打过砂子，后来矿山不兴开发，他们全部回来了。这个哥哥似乎除了挖矿，并无其他的一技之长，回来后生活便很拮据。他经常随同其他人去做零工，比如做小工、浇楼面，都是费体力的事情。无事可做时，就担着尿桶，带着锄头去地里，经常看见他默默地从我家门前经过，有时候爸看见了，会叫他进来喝杯茶。他就会放下肩上的家什，在我家的客厅里坐一会儿，和爸聊会天。他的头发差不多全白了，不知道是到了年纪，还是生活负担太过沉重，说话也是轻声细语。但喝酒了就大不一样，声音完全变了，在家就会打骂孩子，在外就会醉倒路边。他的女儿很懂事，很小的时候就承担了母亲的角色，做饭、挑水、收拾房间，偶尔也会被醉酒的父亲打骂。后来再受不了，很快就结婚离开了。他的儿子很早就没再上学，性格刚毅要强，动不动就要和人干架的样子，游荡一段时间后就外出去打工，脱离了我们这个小群体。

住在隔壁的兄弟一家，生活似乎要比他哥哥好一些。他们家有四口人，男人在乡政府工作，女人操持着家里和田地，两个儿子都在读书。刚开始其乐融融，男人喜欢喝酒，后来没几年就把身子喝垮了，不久去世，留下女人和孩子。为了挣够学费，女人后来做过很多事情，跟着村里专门给人浇楼面的队伍早出晚归，也到学校食堂当过打菜阿姨，村里很难见到她的身影，家里的地都荒了。也许是家境突然转变，大儿子读到初中，就考入中专，用劲读了几年，成了一个小学老师，在外村教书，后来转到村里的中心小学，一直做到校长，算是接过了女人身上的担子。二儿子文静本分，听话懂事，一路读到大学，后来去了福建某个食品厂上班，据说待遇很不错，这件事在村子里总是被念叨，当时本科毕业的人还不多呢。他们就是我说的两个会读书的人，那个时候我危机重重，学习排名靠后，急需有个榜样，好摆脱跟随爸去砌墙的命运。也可能是当时，大家都很同情他们一家，无论是女主人的隐忍坚持，还是大儿子自觉放弃学业，二儿子发奋苦读，都被村里人作为榜样传颂，用以教育像我一样不懂事不好学的人。

他们两家面前，就有一棵百年老榕树，长在水边，靠着水塘的根部，底下已经全部空了。我家正对面的水塘边，有棵樟树也是这样，临水的一边被蚀空，巨大的树身朝着水塘中心倾斜。据说长出泥土的树身有多高，它扎进土里的根系就有多长，尽管这两棵树都歪斜着，但没有一棵倒了下来。

我们时常在那棵老榕树下玩耍，榕树籽成熟时，我们还会从地上捡起来，用水漂干净吃掉。熟透了的榕树籽变成了棕红色，有的乌黑，吃进嘴里除了甜味，还有一种淡淡的清香。我们还会爬到树干第一个分岔口，却再也不敢往上了，生怕寄生着蕨类的树身上藏着蛇。但我们更感兴趣的其实是它的树根。年底养鱼人要卖鱼，水塘里的水就会被抽干，那个时候我们总要从岸边的台阶下去，慢慢走到树根下，低下头朝里看。被水侵蚀一空的树底下，不知道死活的根系虬髯般垂下来，因常年被水浸泡，已经变黑。被丢进水塘的生活垃圾，树底下也沉积了一大片。而往里更是乌漆墨黑一片，我们往往低腰看一会儿就要跑开，漆黑中仿佛有无数双眼睛，正默默地注视着我们。

往西走的那一家，我对他们就很陌生了。因为那家的女孩子，比我大姐还要大一些，而他家的男孩子，更是比我大好多岁。但那家的女人我是见过的。她是乡下少有的身材壮实的妇女，印象最深的是她肩挑沉重的粪肥，一担担挑到地里，似乎从来都不用歇息。后来地里的营生不好时，她也跟进了村里浇楼面的队伍，像个男人一样，一干就是一天，甚至半夜才结束回家。那家的男孩大学毕业后，考上了邻县的公务员，不久结婚生子，然后是提拔的消息，在村里慢慢传开。

浇楼面的队伍，大约是我读中学时出现的。那时候种田已无利可图，只能够维持温饱，反而多起来的建筑工地，需要很多工人。我爸是专业的泥水工，砌墙是他的专长，不过逢到东家的墙起好了，他也是要帮着把楼面浇铸好的。浇楼面是很累的活。墙起好后是装壳子板，接着轧钢筋，小则几十平方米，十几个人干一天差不多就可以浇好；大则几百平方米，那就需要很多人了。这样的事情要一气呵成，不能半途而废，所以不管是烈日炎炎，还是大雨倾盆，不能有片刻停歇。爸这样的男人，做一天下来，嗓子都哑了，更不消说女人。但村子里不管是壮实还是精瘦的女人，就连邻村的姑妈，也都加入了浇楼的队伍。他们的工资是现结，一天下来百十来块，后来又渐渐增加到几百块，对乡下人来说，这已是一笔很可观的收入了。只是这样的工作，没有几个人真正受得了，大多数为了挣钱，也是打蛮（拼命）做到最后，有的一做就好多年，直到政府干预，不得乱建抢建，这股风波才算平歇。

公务员家西边有一条水沟，连着北面的另一个水塘，水塘西边，最里面的两户，就是村里做豆腐的人家。北面的水塘有段时间被老屋下的一个人承包养塘鲴，就是八根胡子的鲇鱼，一到下雨天，塘鲴鱼就顺着水沟往下游，大家都在沟边守着，热闹非凡。

做豆腐这家的孙子也会凑热闹。他们家里有不少用来抓鱼的各种工具，让我羡慕不已。爸是泥水工，对于抓鱼这档事他顾不上，所以家只有一面网，可是网有什么用。他们用各种渔具在那里蹲守着，我只能在边上旁观。做豆腐的一家是个大家庭，户主有两个儿子，都已成家，但都在外面打工挣钱，孩子在家跟着爷爷奶奶生活。他们在大门口的水塘边，专门做了一个豆腐坊，一层的平房，从左到右，就是从豆子到豆腐的一整个流程。坊内光线昏暗，不知道是常年烟熏火燎造成的，还是瓦数低的灯光所致。里面的大缸常年都储放着黄白色的豆浆，似乎不经意间，他们舀出来的就变成了豆腐脑。我家以前也在这里做豆腐，就是加工。商定好时间，自己先泡好豆子，然后背着柴火过来，他们负责点石膏。记得有一年，有人来家里聊天，爸没有开水可以泡茶，保温瓶都拿去盛豆浆了，所以那次他们一边聊天一边喝豆浆。不知道为什么，我一直觉得童年时候喝的豆浆最香甜可口，长大后在很多地方都品尝过，贵贱皆有，却再也没有喝出那种滋味。

后来姐姐和那两家的孩子成了同学，妈也开始到那边去做豆腐了。那两家人的房子建得靠里一些，前面挨着水塘，空出来一个大坪，年底做豆腐的时候，那里就堆满了各家背来的柴火。坪上种着几棵枣树和柚子，枣子成熟时，我们还去那里打过。他们家的豆腐坊其实也是私家厨房，厨房背后有两棵柿子树，冬天树梢上总是挂着几个通红的柿子，被鸟儿啄烂了，还是不肯掉下来。柿子树后面几乎就没了人烟，都是村里的田地，种甘蔗和麻，一片挨着一片，无边无际的样子。这里已是水塘尽头，洋脚下的屋背就挨着这片田地，地里的作物长得比大人还高，我们小孩子是不大敢一个人从那里经过的，尽管一片青翠，还是给人阴森恐怖的感觉。这两家人住在这里，不知道晚上是否会害怕，也许大人无所谓，但小孩子，夜里怕是不敢发出一点声音吧。后来他们的豆腐反而越做越有名，开始用箩筐装着，在全村叫卖，成为村里不靠种地生活的人家。

　　大概我读初中的时候，水塘边的大榕树下，开头那栋两层砖房的前面，破旧的木房子拾掇好后，搬来了一户人家。他们一家本来在村里祠堂的偏门开小卖部，不知道什么原因搬到了这里。男人的腿脚不好，村里人都叫他老拐，他也乐于答应。这家人大约是老屋下最早搬出去的一户，不知道什么原因从外地又搬了回来。男人带着女人和两个孩子，靠小卖部维持营生，附近几个地方的人，油盐酱醋和酒水零食，几乎都来这里买。我们有了零钱，也过来这里买瓜子和梅子辣条。有段时间他们把桌椅摆在祠堂里，偶尔在那里吃饭，大多数时候，是给村里的老人聊天打牌用。有次那张桌子空着，我们在那里玩耍，女人也过来了，好好一个人对我们笑着，忽然就从凳子上翻了下去，躺在地上抽搐，口吐白沫。当时把我们吓坏了，几个人一个躲在一个后面，战战兢兢地看着。直到那时我们才知道，女人患有癫痫，时不时就会突然发作。两个孩子却是好好的，那次发作时他们也在，看见妈妈那样子，就在边上一个劲地哭，现在想起来，还是万般滋味萦绕在心头……

　　老屋下除了水塘边那些人家，往北走还有几十户，我基本都没有印象了，虽然隔着一两百米，爸妈估计都认识，但没有交往，我也陌生至极。可是逢圩我们总是要经过，穿过老屋下的记忆，都停留在了另一棵百年榕树那里。

洋脚下的大榕树大概是因为挤挨在两户人家的院墙后，所以没有人在上面缠红布条，在树底下摆蜡烛烧纸钱。老屋下水塘边的那棵，倒是偶尔能见到树根旁插的香烛，不过都是极少数时候，我们也没将它看作是神秘或神圣的东西，照旧爬上爬下。但老屋下挨着主路边的那棵，我们就要敬而远之了。那棵榕树的周围也有很多其他的树，枝叶连接成一片，有点遮天蔽日。附近的人家要么紧锁着大门，要么围成小院，总是了无人迹，经过那个阴暗的地方，总给人不寒而栗的感觉。这种感觉里，来自老榕树的部分，估计是最多的吧。那棵老树被村子里的人当成了神树，树身上不知道从何时起，缠上了许多红布带子，树底下更是烟火不断，时常能看见烟雾缭绕的香烛，还有燃烧殆尽的纸灰。空气里的味道，昏暗中的阴寒，寂静时传来的鸦鸣，让人不敢四处张望，不自觉就会加快步子。

被当成神树的大榕树，谁也不敢对它怎么样，哪怕是折断一根树枝，也是一种忌讳。后来围着它砌了一圈砖，用水泥刮了面，算是正式保护起来了。据说村里还有人为了孩子无病无灾，好养一些，认这棵树当爸，具体是哪户人家的孩子，就不清楚了。

这些年来，村里人手里有了钱，都去到外面的大马路边建房子，住在水泥路边，不会再弄得一脚泥。老屋下也像我们洋脚下一样，曾经热闹充满人烟，渐渐也搬空了，留下一些阒寂无人的老房子，像执拗不肯搬走的老人，一栋栋矗立在榕树底下，灰头土脸，摇摇欲坠。面前的水塘也像失去了原先光鲜的色泽，如今变得幽暗墨黑，再也没有人敢坐在水边的榕树根上，看看水里的游鱼了。

去年搞城镇化建设，据说我们这个村规划成了一个交通枢纽，要不了几年，所有的房子都要被拆迁。那些搬到马路边新房子的人，成为最先一批的拆迁户，等他们想要回到老屋下的老房子安置时，老屋下成了第二批拆迁对象。

上周打电话回家，爸说洋脚下的老房子也都拆了，家周围一片，变得空旷无比。也许再过几年，这里的一切都将被夷为平地，水塘被覆埋，树木被砍伐和移走，再要找老屋下，就很难了。

# 酒 鬼

一个人要怎样喝酒，才会被别人叫作酒鬼呢？

我不是一个爱喝酒的人，家里也没有人喜欢。关于爸醉酒的记忆只有一次，还是我几岁时，我们刚搬进新房子不久。当时他被妈搀扶着，软绵绵地来到床边躺下，很快就响起了鼾声，但他在哪儿喝的，家里还是外面，我是真想不起来了。那次之后，我就再也没见他醉过，有时候面色潮红，说话有些扭结，步子也有些凌乱，还是可以走路，并不像一个醉鬼。

我小时候就有喝醉的经历，这些都是爸妈和姐姐告诉我的，自己想起来的，就是躺在那张老式大床边上昏睡，不知是发烧还是喝醉了。我喝的是自家酿的米酒，香香甜甜，喝过的人都说后劲大，我不知道什么是后劲，但很爱喝。我妈说那些年酿的酒，还没等到过年那天就被我喝光了，我觉得有些夸张，但估计当时确实醉过很多次吧。

现在想来，那个时候的我是个小酒鬼，这应该是毋庸置疑的。说自己不会喝酒，也难以让人相信，可是更令人惊讶的是，为什么我的记忆里没有关于喝酒的呢？长大之后，尤其是中学到大学，几乎没有再碰过酒，除了毕业酒会那次，还没开饭就集体举杯，喝下一小杯白酒，然后我就进入了不省人事的状态。那倒是很"酒鬼"的一个证明。但我从来没有喜欢上喝酒，这是就我的记忆所及，所能够表明的最为恳切的立场。读研时有一位写诗的朋友，天生好酒量。他只喝啤酒，只要开始了，就很难有结束的时候，与老师一起吃饭喝酒，他有节制，和朋友一起，就没有了。研三时宿舍没有几个人，他估计刚和女友吵完，心情不好，下来我们房间喝酒，从傍晚六七点，喝到晚上十一点多。其间出去买过几次酒，喝得我实在不行了，就只好关门送客，我刚锁好门上了洗手间，回来发现他居然在房间里，说要继续喝，问他才知道，他是从墙上的窗户爬进来的。

工作后有一年的时间，我跟着领导吃饭，领导喜欢喝酒，我也会喝一些。辞职换了地方，胃也出了问题，所以在酒桌上，我开始说自己不会喝酒。除了家里的米酒，其他的啤酒白酒之类，还从未对我有过吸引力。别人说的借酒浇愁，我也从来没有过，现在没有，估计以后也不会有，心情低落的时候，我会一个人去街上乱逛。如果要找酒鬼的话，那个写诗的朋友勉强算一个，严格说起来也不像。他虽然爱喝酒，却从来也没有醉过，酒不醉人人自醉，也许他从来也没想过醉一回。可是在我的人生经历中，有几个酒鬼给我留下的印象实在太深刻了。

第一个酒鬼说起来，还是一个不时让我想起的长辈。他是一个山民，住在离我们村不远的牛牯岭，不过在我小的时候，那段距离却可以用远来形容。我从未翻越那座山去到另一边，所以也无法知晓他家究竟住在哪里。他是爸的工友，爸不知为什么，总是和很贫穷的人成为朋友，稍微有钱的朋友没有一个，直到现在还是这样子，大概因为家里本来也穷吧。

那个伯伯虽然穷，人却非常好，每次来我家串门，他总会兜里揣着东西过来。那些东西大多是一包包的梅子，我们都在小卖部里见到过，虽然就几毛钱，却几乎没有买来吃过。小时候的零食都是在铜矿工作的伯父们带回来的，一年一次，我和姐姐都翘首以盼。那个伯伯顾及我们几姐弟，尽管自己口袋里没有多少钱，但还是愿意花一些在我们身上。在那些漫漫黑夜里，这些梅子不知多少次抚慰了我们饥渴的心灵。

也就是这个伯伯，我可以说出他的诸多好，却有一点，让他为此送了性命，那就是嗜酒。他在我们面前从来没有表现出这个嗜好，或许出于爱护之心，另一个他都来自传言，我们从未见过他醉倒在路边的小树旁或田埂上。他在我家里坐着的样子，就像每一个被贫寒压迫得卑躬屈膝的人一样，寡言少语，低首顺眉，双手斑驳，满脸沟壑。也许就是相同的原因，让他和周围的其他人一样，只能通过酒来疏解内心的郁结。有的人因此嗜酒如命，他就是其中的一个。当他死于某个池塘的消息传到村里时，正是一个炎热的夏季，地里的庄稼都因缺水而萎靡不振，湿润的土地已经龟裂开来。他死的地方就有一片稻田，有台抽水机正日夜不停地灌溉。当人们从水中将他捞上来时，为他到底是触电而死还是溺水而死有过一段时间的争论，但他喝酒了这点，似乎是没有一个人反对的。

从那之后，他就从我们的生活中消失了，有次过年跟爸去上山给爷拜年，看见不远处那个伯伯的两个儿子也在烧香，那里就是他的墓地。我也才知道，他死后，他的两个儿子也退学了。我和村里的小朋友后来上山时，还遇见过他们俩挎着小篓子，在雨后的山上捡蘑菇，沉默不言，看见我们也不打招呼，那个时候的我，还以为地里长出来的蘑菇都有毒呢。

可是如今让我想起他的脸容，却已是模糊一片。我一直记得，我们在家门口的泥地上照过一张全家福，那时他正好在我家串门，拍照时，刚好从房间里伸出了脑袋。因为聚焦的缘故，我们一家人都很清晰，而他却成为灰蒙蒙背景的一部分。只有一个弯腰探头的轮廓，在那张褪色的照片里越来越淡。

第二个酒鬼我到现在脑海里还有他的形象。他是我姨妈家那边的亲戚。我家和姨妈家挨着，不知道这样的情形是否多见。据说姨妈家过来之后，见我爸还单着，家里又催得急，就把妈，也就是她妹妹介绍给了爸。可在我伯母们的叙述中，这次婚姻似乎又是另一种情形，贫穷青年拐骗少女的故事。这些只是玩笑话，但当时的艰苦条件，就此也能猜出个大概。

这个伯伯有些像电影里阿Q的样子，身形瘦长，肩背微弓，脑袋浑圆，阿Q有根辫子，他从来都是贴着头皮的短发。他说话的声音天生就有些疲软，也许是时常醉酒，每一个音符的后半部分，都像嫩枝上枯萎的花朵，绵软地垂下来。他走路的时候，把手往腰后一搭，上半身往前一倾，一看就知道腰不好。每次他出现在村里时，都是一副愤愤不平的模样，也不知道是谁得罪了他。后来估摸，大概是他每次过来的时候都已经喝过酒了，或者微醺地走在喝酒的路上。人喝酒后大多会改变原来的性格，不然怎么会有发酒疯、酒后吐真言和酒壮尿人胆这些说法。他喝酒后，一切都看不顺眼，就要以自己的法则，辱骂或抗议。但这种酒后的醉态，定然是没有人喜欢的，除非为了看热闹，大多数人都是避而远之。一旦哪里传响起了哄笑或吵闹，人们总会说，一定是某某又在发酒疯了。

他的家人知道他爱喝酒，嗜酒，但没有丝毫办法。有时候说起这件事，就能听见他的老伴诅咒，总有哪天会喝死在外面。这些都是气不过才说出来的，他也从不理会，偶尔有理会的时候，只是往往都是醉酒之后。我们也经常见到他东倒西歪地从我们面前走过，手里攥着一个酒瓶子。看见我们，还会摇晃着过来吓唬，说一些听不清的话。如果走不到家就倒在地上，那里就成了他的临时床铺。很少见到他喝醉后，还有亲戚朋友将他送回来，由此也可推测，他的家人和亲戚早就厌烦了，索性让他在外面胡作非为，自生自灭。有一天他外出喝酒，就真的再没有回来。

当这个噩耗传回来时，他已经不知道死去多久。还是一个本村人上圩，看见大家围成一圈指指点点，挤过去一看，才认出来。他死在了浮桥那边的石涧里。圩市在江的另一边，我们要去逢圩，就得经过浮桥，那边的地势高，流水常年冲刷，路边就有很深的沟涧，平时我们走路都要小心翼翼，更何况一个醉酒的人。他的家人去到那里收敛尸首，也费了一番功夫，抬回家里请和尚做法事，为他超度了几天几夜。

最后那个酒鬼是我一个哥哥。哥哥是辈分上的叫法，和平时称呼大几岁的人又有些不同。我们村里人共有一个祠堂，这个祠堂又分成了很多"厅","厅"就是祠堂的分支，也是支系的意思，早年村里有很多"厅"，后来都倒塌或拆掉了，我和这个哥哥就是一个"厅"的，情感上似乎更为亲近一些。

其实我总会感觉不好意思，村里一直是讲辈分的，可我的辈分偏偏又很大。"诗"是爷爷辈，"书"是父辈，我是"祖"字辈，然后下去是"德"字辈和"先"字辈。村里大部分人家已经到了"德"字辈，有的还到了"先"字辈。所以当一个"祖"字辈的老人抱着自己刚出生的孙子孙女看见我的时候，就会教他们喊我"爷爷"，我脸红害臊，感觉占了便宜，而我还没结婚呢。这个哥哥和我平辈，但我和他的女儿是同学。我叫他哥哥，他的女儿却直呼我的外号，没有辈分之分。

他是一个猪肉贩子，用更土一些的话，就是杀猪的。他的作息在乡下很不规律，因为猪肉要及时上市，他就得半夜或凌晨去到那户需要屠宰的人家，磨刀霍霍。我以前在家门口见过杀猪，当时天还没亮就跟着爸妈起来了。猪舍前架着一个三脚架，用来牵引电线照明，边上放个大木盆，用来装猪血，然后就是屠夫磨锋利的各样道具。准备稳妥后，就派几个孔武有力的人把猪抓来，绑好四肢摁住头，屠夫白刀子进去红刀子出来。那是一个极其血腥的场面，那一刀捅进去的时候，我都不敢看，有时候一刀不准，还要补刀。接着猪的尖利的号叫声会持续很久，那种声音也是毛骨悚然，让人不寒而栗。放血之后，猪会被剃毛，然后在架子上被一点点分解，这里考验的就是屠夫的技术，庖丁解牛同样适用于杀猪。无疑这个哥哥的技术是很好的。他总是被各地请去杀猪，杀一头猪需要费很多功夫，东家为了感谢，也约定俗成会让屠夫带走一些肉。可能是作息的颠倒和经常吃肉，他长得特别胖，他们一家人，嫂嫂和他们的儿子，包括我那位同学，也是身形浑圆，满脸福态。

这个哥哥和我爸的关系很好，时不时就会来我家串门。我爸知道他喜欢喝酒，所以每次来，都会以酒招待。如果恰好逢到饭点，给他斟满酒后，会加一双筷子，他也来者不拒。我们两家距离很近，不担心他喝醉了回不去，况且这是小酒，根本到不了醉的程度，他的酒量是在外面练出来的。他虽是一个杀猪匠，可他的朋友却不像我爸一样，都是苦哈哈的一些人，他的朋友很多都是学校领导或者政府官员。很难解释为什么他能够进入这样的交际圈，除了灵活的头脑和口才（他经常在我面前惋惜自己没有读到书），另一点很重要的，应该就是能喝酒吧。那样的场面往往都是一大桌人，他一顿喝下去的酒，估计够我爸喝大半个月甚至更久。他经常夜不归宿，家里人也习以为常，怕的是他喝醉了还要骑摩托回来。

也确实发生过几起事故，他的摩托撞到墙上，或者跌进了路边的沟里，那些天他就鼻青脸肿，身上和脸上露着擦伤的新疤。那个女同学曾经几次当着我们的面，规劝甚至严肃告诫过她爸，只是收效甚微。有一次我们下晚自习回来，雨夜的路边上，倒着一辆摩托车，车下压着一个人。我们跑过去一看，原来就是那个哥哥。他醉得一塌糊涂，满身泥水，因为排气管压着他的一条腿，高温已经将他灼伤了，疼痛让他没有睡着，醉醺醺地想将车子移走，把腿抽出来，但身上没有半点力气。看见我们后赶紧招呼，让我们帮他一下。

那次他的腿烧伤比较严重，不久又化脓，缠了很长一段时间的纱布。大概就是这次事故之后，痛定思痛，加上家人规劝和训斥，那个哥哥喝酒节制起来，很少再见他醉过。后来他们举家去县里谋生，我同学和他弟弟也转学去到那里，不久再见到他，瘦了一些，气色也比以前要好了。

一想到醉酒，他们便在我的脑海里浮现。我不知道酒究竟有怎样的魅力，可以让人嗜之如命。当它在我口中停留，滑过我的喉咙，流进肚腹时，我并未品尝出它销魂蚀骨的魅惑，反而更多是身体本能地排拒、呕吐。但他们无疑领略过酒的真谛吧，那种无形的东西让他们相互纠缠，不依不饶，仿佛就要融为一体，也有的真融为一体了，只是再也没有机会挣脱出来。那些幡然悔悟的，再次面对杯中酒，闻见它的香气时，心里会作何感想呢？

# 上 圩

　　我们这儿是上圩，别的地方有的叫赶集、逢圩、上街，我们这儿上的是凤岗圩，每月初二、初五、初八，以及十二、十五、十八、二十二、二十五和二十八逢圩，也就是说，一个月有九次。每月逢三、六、九的日子，是另一场圩，叫唐江圩，不过那个镇子离我们这儿远，很少有人会跑那么远。

　　住在山里的人更多的叫逢圩，有时候一些老人家被人问起时，也喜欢说"逢一脚圩"。韩少功笔下的马桥人有一个坏毛病，叫作"晕街"，说的是他们一到街上就恶心发晕犯迷糊，不过我们这儿的人没有。

　　我们做小孩子时，大多数时间都是和爸妈一起上圩的，唯独有那么几次，就是正月份，总是正月初一，大伙儿兜里都有压岁钱，天刚放亮就准备好了，等终于吃完早饭，就一大伙人（其实都是小孩子）上圩去了，正月天天都能上圩。过完年上圩，我们通常要先买一些玩具，女孩插头花男孩玩枪炮，然后买一部小的《新华字典》或者几本教辅资料，都是挑有课后习题答案那种，再花几块钱丢圈套试试运气，我们总想套住最远处那几个大花瓶，但是每次至多能套到一两个石膏像，癞蛤蟆聚宝盆之类。回来的路上我们必定要在乡卫生院边上的小餐馆吃碗一块钱的清汤，一群人占掉好几张桌子，然后才会意犹未尽地回家。

读高中，在县城上了三年学，我几乎没有逢圩拉上几个朋友再去逛一逛了，印象里只有那些矮小破旧的店铺，喧闹阴暗的药房，摊在门板上的糖果和装在箱子里的核桃酥葱油饼，菜市场特有的酸臭味，还有服装店里被高高挂起的塑料模特，哪里比得上县城里的干净舒适呢？偶尔去到那里，也是买些日常用品之类的，顺便看看圩场有哪些变化。

家里上圩最勤快的就是母亲，虽然在县城里待过一段日子，保留下来的也只是对城里大商场的记忆，她有时会说大商场里的东西怎么齐全，可还是津津有味地上着凤岗圩。母亲经理着家里的衣食，她上圩无非就是为了这两样事情，她有时会抱怨父亲给的钱不够用，也仅仅只是抱怨而已，她还是会为上圩全心全意地准备着。

之所以说全心全意，是因为逢圩的日子她已经记得烂熟，她可以不知道今天阳历是什么日子，但她记得今天农历逢圩。一大早她就会唠叨今天要买些什么，吃过早饭就匆匆地换衣换鞋，抓起那个大袋子就出了门。平常她可不是这个样子，平常时她吃完饭之后，要先洗衣服，洗了衣服一天的事情才正式开始，上圩的日子她先上圩，回来再洗衣服，这成了她的一个习惯。

我家离凤岗圩小半个小时的路程，母亲走得慢一些，要大半小时，去那儿的路也有三条：从滩地穿过到浮桥头过河，从老屋下到新屋下再到浮桥头过河，从乡小学到湖头圩再到浮桥头过河，河对面就是凤岗。穿过滩地过河距离最短，母亲习惯了从老屋下经过新屋下这条路线，出门沿着池塘往左拐，三两步就到了老屋下，老屋下人多房子窄，挤过去就能看见几亩花生田，穿过田埂就到了新屋下，跟着新屋下边上的土路直走，到了一个十字路口再往左拐，顺着水渠一直往前，到了溪河子那儿，经过老东红桥就到了江边，路程已经走一半。这条江学名叫上犹江，不过我们习惯叫"河下"，甚至到了毛屋店铺较多的地方，有的人还叫作河下。一路上都能遇见上圩的人，到了河下人就豁然多了起来，三江口、刘坝、严屋的人上圩都要经过这里，有的一个，有的夫妻俩，还有的拖家带口，有的走路，有的骑车，乡音喇叭一片响。母亲一直以来都是走路上圩，胆小，学骑车都不敢，她要会骑车的话，十几分钟就能到圩上。凤岗圩就在河对面，只要沿着河坝往前走，到了浮桥头，再过派出所，就要下浮桥了。说起来也真是，本来好多年以前就说要造桥，但不知道为什么，直到现在还是过浮桥。浮桥在许多人眼里或许还是新鲜玩意儿，要不就是旅游观光的作用，很多人见都没有见过。浮桥头原来就是过浮桥的，前几年浮桥向上游移了一些。说起浮桥，其实就是浮在水面上的桥，一般都是将铁船（以前都是木船）并排拴好固定，在船身上铺木板，这样子横跨一条江，可以过人，也可以过摩托，旱季枯水期有大半的浮桥搁浅在沙滩上，雨季时就会全部浮在水面。人从上面经过的时候，起起伏伏，船身也会交互摩擦，吱吱呀呀不停响，有的时候船不够，有一段地方只铺了长木板，又不密实，人在上面走，水在下面流，桥在水上摇，发大水的时候就不会让人过桥了。

我就怕下雨天母亲去上圩，母亲上圩这一路我就怕浮桥这一段，我怕木板会打滑，我怕母亲会掉进河里。河对面就是凤岗圩了，母亲过了桥就开始买计划好的东西。从我记事开始，母亲就经常一个人上圩，那个时候她总是回来很晚，我待在家里总是为她提心吊胆，后来知道她上圩一般都要那么长的时间，就渐渐安心了一点，在圩上慢慢转悠，似乎也成了她的一个习惯。

# 水猴子

已经好久没有人说水猴子的故事了。

最后一个提到它的人，是村里台湾佬家的女人，她当时就站在我家门前的池塘边，给我们说水猴子，记得当时一大伙孩子里有她的一个曾孙，住在城里，全身上下西装皮鞋，洋气极了，她是害怕她的曾孙溺水。不过她好多年前已经去世，就埋在离村子不远的牛牯岭上。

从此以后，似乎再也没有谁向我们讲过。我家门前池塘多，左手边一口，正对门一口，右手边斜对面也有一口，后面隔一排老屋还有一口。每天醒来出门走动，满眼都是盈盈水波，那个时候，我就会想起这些故事。听老人们说，水猴子其实和一般的猴子没有多少区别，只是生活在水里，毛和尾巴都比较长。它总是趁人单独接近水边的时候发动攻击，乘人不备把人拉下水里溺死。一旦有的池塘发生了这样的事情之后，人们试图抽干池塘的水将它捉住。他们说有的地方真的捉住过，他们说得绘声绘色，神乎其神，反正我是一次也没有见过。

而我总是希望听到这样的事情。有一次，不知道听谁说，我们乡中学旁边的那个大池塘里抓到一只水猴子，放学我独自挎了书包去那里，天色阴沉，到处不见一个人，我小心翼翼挨近池塘，里面的水已经抽干了，塘底一摊烂泥。鱼栏支在泥上，靠塘边有一口井，井水绿油油的，上边漂着一层细碎的浮萍，我的心都提到了嗓子眼，紧拽着帆布包的带子，感觉汗毛一根一根全竖了起来，一阵风吹动对岸的女竹，哗哗哗一阵乱响，我三步并做两步逃上了大路，心扑通扑通地跳，据说，抓水猴子前，这口池塘淹死了邻村的一个小媳妇。

　　说不清是为什么，我小的时候，隔三岔五就能听到哪里的池塘淹死了人，自寻短见的当然有，但是大多数的死亡还是会和水猴子扯到一块儿。每到这个时候，爸妈或爷奶临出门之前，总要郑重其事地嘱咐我们，不要去这里也不要去那里，尤其不要到水边去，直到我们做出保证，他们才能稍微放心地下地。然而水的诱惑我们怎可以抵挡呢？我家门口的池塘从前都是清澈见底，嶙峋的石头在水里异常冷峻，用来洗衣服的石板下面我们经常能够掏出硬币，再往深处，可以看见沉塘的瓶瓶罐罐，还有一层厚厚的枯叶残枝。当然还有鱼，鱼是水里的精灵，可以一辈子不呼吸一下空气，整天在水底游来游去，游累了就停下来，不会浮上来也不会沉下去，就像悬浮在空气中一样。

　　我经常会憋足一口气，跪在石板上把头探进水里，然后睁大眼睛四下搜寻，直到看见鱼，那个时候就觉得自己也是活在水里。抚摸鱼的感觉更是妙不可言，有闪闪鱼鳞的鱼儿摸起来还是有些粗糙，没有鳞的鱼儿黏黏腻腻，虾没有蜕壳时硬邦邦的，蜕壳之后软得像个初生的婴孩。还有一种我们叫作"木石"的鱼儿，它们的鳞片极细，一片片直立起来，好像鱼身太小而鱼鳞太多了，抓住它们就不用担心会跑掉。

最让我们兴奋的还是那些大鲤鱼，以前每家每户几乎都会剔螺蛳卖钱，剔下的空壳尾肉又被扔回水里，傍晚天黑的时候就能听见一片水响，鲤鱼正吃螺蛳呢，我们摸黑悄悄走到塘边，把手伸进水里，可以摸到它们光滑的背脊。

光是这些乐事，就足以让我们忘记吓人的水猴子，况且家长去了地里，也没有谁知道我们去过水边。想来，那样的年纪真是懵懂无知，我们那么小，也不会游泳，水又那样深，滚下去怕必死无疑。尤其是夜晚去到水边，如果肚子里装着一只水猴子，谁还有勇气向着水面步步逼近呢？然而我终究还是一次也没见过。

当年的玩伴都已经长大成人，大家都在努力生活，偶尔聚在一起，除了谈天，大部分时间是在一块儿钓鱼，或蹲或坐，或者简言简语地聊几句，眼睛一直专心地盯着水面的浮漂，竟没有一个人说起水猴子。如今看来，一切都再清晰不过，水猴子的故事是父辈们延续下来的一个用心良苦的谎言，那时分田到户，家家劳动力都去了下地，留在家里的只有孩子，没人照顾，村里水塘又多，水猴子便成了大家一起请的保姆。

不知道这个世上是否真有害人的水猴子？但是至少在我的记忆深处，它曾经活生生地存在过。

# 蔗

一月份从南宁回江西，沿途看见大片大片的甘蔗林，还有密密麻麻的人在收甘蔗，心里感到无比亲切，不禁向同伴感慨了一番，二月从赣州回来，还是看见密密麻麻的人在收甘蔗，还有大片大片的甘蔗林，心里就非常奇怪了。

小时候家里也种甘蔗，不过距离现在已有十多年。现在的孩子喜欢吃甘蔗，其实吃的是果蔗，很粗壮爽口的那种，而不是硬里带咸的糖蔗。我们种的就是糖蔗，不过我们不这样叫，单字一个"蔗"就够了。我从来就没有留心过甘蔗是怎么种下去的，据说，一条根种下去之后，可以收获七八次，如果是宿根，收获的时间就要早几个月，如果是新种，则要推迟几个月，而且糖分和味道都不一样。相反，我印象深刻的倒是收获之后的甘蔗地，一垄一垄，一望无际，留下的根茬或新鲜或发霉，在秋冬白霜的映衬之下，竟会显得无比苍凉！

我的纳闷就在这里，我们那儿的甘蔗十月份差不多就已经全部削干净了，为何到了广西，二月底还有那么一大片一大片半大不大的甘蔗林呢？查过资料才知道，甘蔗的收获期大约是十一月到次年的四月。尽管这样，眼前模糊的一片还是勾起了我的回忆。

蔗因为它的高大茂盛，无疑让蔗地成了更为特殊的地方，行人或老或小，内急一到，只要钻进去就可以轻松了事。我们小孩子对它就更感兴趣了，如果所有植物都会拔节，用在蔗身上是再好不过，我们就是看着蔗一节节长高的。用在竹子身上都不恰当，竹子小时候还叫笋，被大块大块的厚皮包裹着，哪里看得见拔节呢？

童年如此漫长，蔗倒是长得比我们快多了。才看见一些稀疏的幼芽，转眼已经高过稻田里的青苗，哪次放学回家，已经可以溜进去捉迷藏了。勤快人家的地反而不好，因为他们把老叶都剥光了，一行行望进去，一览无余，这还怎么玩呢？它们的作用就是诱惑我们钻进去饱食一顿。当然，我们的甘蔗林里面，除了有快乐时光，还有恐怖故事，在小学三年级的时候，学校盛传后面的蔗地里死了一个女人，是被人杀死的，从此之后，我们就很少再钻进去，路过甘蔗地也是行色匆匆，畏而远之。

收甘蔗的那段日子是想忘也忘不了的。那些天不仅有大餐吃，而且可以尽情吃蔗，任己挑选，直到撑饱为止。就像割禾要用镰刀一样，削蔗也要用专门的蔗刀，一个长长的刀柄，一条长长的刀刃，拿在手里"嗤啦嗤啦"几下，蔗上又长又刺人的叶子就被削得一干二净，每家每户的女人都是削蔗的好手，我妈就是，三下五除二，身旁就撂下一堆了。

我们除了吃肉和吃蔗以外，另外一个任务就是守蔗，蔗被削好之后，二三十根捆成一把，然后一把把扛到大路边，等着收蔗的车队来拉走榨糖。其实这也是大人的事情，我们又好吃又懒做，怎么可能守得好？可是我们抢着来做，所以也就变成我们的任务了，每家每户的蔗堆都是由小孩子把守着，看起来还真像那么回事儿。每次等车来拉蔗都得等好多天，堆蔗时男人们会留出空隙，回去抱来棉被草席，简单铺出一张床，天一黑枕着蔗就睡着了。这个时候也是我们最不情愿守蔗的时候，深秋已经泛凉，床铺也没有门户，夜晚漆黑一片，又有野猫野狗嘶叫，怎么睡得着？

不管怎么说，我们守蔗的时候，总是要吃掉一批的，满地都是烂棉花一样的皮囊，白花花一大片，而且，都是尽挑些好的。我们还会在蔗堆上蹦来蹦去，原来滞积着杂质的表皮，总要被我们磨得光滑锃亮，捆绳也是纠结松散，想想，那些天我们的衣服也要比平常难洗好多倍吧。

我们不可能把一年想吃的蔗一次吃完，装上卡车送往糖厂，就什么也没有了，好在爸妈比我们先想到，在削蔗的时候会拣出几捆，背回家里用土埋好，等我们想吃的时候，再一根根从地底下挖出来，也许捆的草绳早已经朽烂，蔗上的节疤长出了新芽，有的还有一股浓浓的酒精味，可是这有什么关系呢？新的甘蔗才长到半米高呵！

我们还喜欢折一枝蔗叶，把底端的叶片从叶梗上撕开来，弯成一个半圆然后用另一只手按住，把左手食指穿进半圆里用力一滑，叶梗就会像箭一样飞快射出去。有时还会在蔗叶上发现麻雀窝，撕下来里面有几颗长了雀斑的鸟蛋，那个时候狂风一吹，蔗叶乱响，又要把我们吓一大跳……

印象里童年的蔗总是那么笔直清爽，一行一垄，培的土都能看出农家的细致，为何远远经过这一片甘蔗林的时候，它们显得那么矮小萎靡，歪斜不振，而且还七零八落的呢？

蔗地变成了荒草场，不像有人看护，倒有几分野兽出入之地的苍莽气息，枝叶繁茂，无人打理，时不时就有两个漆黑的洞影，我紧紧盯着它们，奈何列车走得太快，我什么也没看清楚。

# 鸭和一只特立独行的鸡

大约十年前，我家养过一只白色的鸭子，其实刚买回来时，它和别的鸭子一样，都是鹅蛋黄毛茸茸的，一点也看不出有啥特别。慢慢长大之后，毛茸茸可爱的样子就褪去了，浑身变得清爽洁白，嘴巴也由以前灰灰的变得红黄发亮，特别是叫声，由原先的奶声奶气变得嘹亮高亢，唯一残留在它身上的，就是柔弱的性格，它几乎不和同伴抢食吃，总是最后一只走到食盆前。它还特别温顺，别的鸭子看见人靠近一点就往后躲，它却任人抚摸羽毛，惬意时还会用头拱你的手，"呱呱"叫上几声，当然都是家里人。

它从小就围在鸭栏中，戏水都在栏中的破桶里，水每天喂食的时候都会更换。吃饱喝足，它就走到水桶边上，把头一下下伸进水里去，又抬起来，让水顺着脖子往下滑，到翅膀那儿时，它会稍稍地扑扇起来，把水花溅到身上，然后得意扬扬地咧开嘴。时间一长，我会把它放出来，让它在门前屋后活动一番，找找吃食，慢慢也就没人管了，可它并不贪玩，也不会漫无目标地瞎逛，总是围绕家门前后，在我们目力所及的范围内。有次下大雨，可把它乐坏了，在灶前扭怩一阵后，它举起翅膀就冲着土路上漫漶的黄泥水扑了过去。不久，它又急忙忙地跑回来，像是被人追赶一样，我奇怪地望着它的一举一动，它不认识我似的径直奔向厨房。眼睛下面两团白茸毛圆鼓鼓的，像是憋了什么东西在嘴里，也不叫唤，跑到桌底蹲下来，不一会儿就下了一个又大又白的双黄蛋，接着又"嘎嘎"地向着雨水冲过去。这是它下的第一个蛋。

自此以后，我对它尤其喜爱，每次吃饭的时候我就会招呼它过来，用筷子拨拉一些饭菜给它，它也不赖，尽给我下双黄蛋。放学回来，我第一件事就是"鸭……弟弟"地叫唤，等着它大摇大摆走到我面前，我就抱起它到池塘去，把它放进水里，让它和邻居家的鸭子一起游来游去。我则和玩伴找个地方折飞机或者弹珠子，玩倦之后，又"鸭……弟弟"地叫唤起来，那个时候，它就会从一大群鸭子中，向我游过来，我等着在水面上抱它回家。

可是这种时光并没有持续多久，有一次下课回家，我看见它斜趴在走廊上，毛色凌乱泛黄，眼睛上起了一层翳子似的，嘴角流出一摊浊水，母亲说，它大概是误食了竹林里的耗子药，已经不行了。

十年后，我家里又养了一只特立独行的鸡。

父亲和母亲管它叫"霸王头"，也就是霸王鸡的意思，本来是指大公鸡的，现在成了它的号。很明显，它的特点就是很霸道，无论公鸡母鸡都归它管，吃食的时候不许和它抢，谁若敢偷偷地啄两口，被它看见了，心情好就"咕咕"地骂两句，心情不好，就要追着它啄两口，两爪并用，非要侵犯者落下一地鸡毛才肯罢休。每次喂鸡我都能看见一连串的惨剧轮番上演，它一下子教训这个，一下子又教训那个，有的鸡实在饿坏了，就冲到食槽前面，捣米一样猛啄一通，看见霸王头怒气冲冲跑过来，就乖乖地趴在地上，任它在身上又啄又扯，嘴巴还是不停地进食。等到霸王头一停下，它立马往外跑，看它不会追过来时，就用力地抖两下，凌乱的鸡毛顷刻又变得麻溜顺滑。

我却不知道应该给它取一个什么名字好，至今也没有，我想如果我会取的话，一定会在名字里加上个"精"或是"怪"这样的字眼，叫作"鸡精"或者"妖怪"感觉都不好，容易引起误会。我第一次看见它，是寒假从学校回家，爸妈都在小舅家里帮工，没工夫招呼它们，我端着一盆谷子走到门口，它一下子就被我认出来了：别的鸡看见我都四处乱窜，唯独它稳踩步子，不紧不慢跟在我边上，我扬一把谷子，别的鸡都以为我赶它们走，"哄"一下四散逃开，唯独它，冷静又淡定地走上前来啄食。

关于它的"事迹"我早听爸妈说过，见面之后，我的第一反应就是，这只鸡上辈子一定是个人！普通的鸡都怕人，只要人随便有个动作，它们就会如临大敌，要么浑身一抖，要么扑扇翅膀飞逃，你扔东西给它们，等你走之后它们才会过来吃。霸王头不一样，你不扔东西给它吃，它会一直缠着你，跟着你，看着你，对着你叫，直到你明白它的意思满足它的要求为止。它和那些鸡的根本区别，是它和人之间的微妙关系，可以说，它不仅不怕人，反而宁愿和人走在一起也不愿和鸡混到一块儿。所以我每次遇见它，它都是独自一个在一处扒拉着，别的鸡是一群，好像在开什么秘密会议。

我蹲着在桶里洗手，它会凑过来，真正旁若无人地仰头喝水；我在灶头放火，它会悄无声息地跳进柴草堆里划一划，然后静静站在边上，看着我一下下往灶里添火。它懒洋洋地看着我，我回过头倒要被它吓一跳。最可恨的是，我站在门口刮胡子，一斜眼就看见它在门口要进来，我伸出一条腿在门口挥舞阻挡——我十分讨厌它进来我房间，每次要么在我的电脑上撒野，要么就飞上床头柜左看右看，就差飞到床上来了——门那么窄，我觉得自己一条腿足够将它拒之门外了，哪知道它瞅准一个机会，轻身一闪就闯了进来！我留着一半没刮的胡子扔下剃刀，边赶边骂："XX，我房间里又冇谷又冇米，你天天闯进来做什么？！"

今天我又端出一盆谷子喂鸡，总唤总唤都不见它，我把谷子一把一把洒在鸡面前，心里有些纳闷，一转身看见它从屋后面走出来，不叫，看着有些痛苦或难受，让人觉得像是生了病或下了崽一样。我迎着它走过去，在屋子拐角碰到一起，我给它抓了几把谷子，它默默地在我跟前吃着。我端详着它，它的羽毛要比其他鸡更干净整洁，脚爪尖利，表皮粗糙显得生猛有力，鸡冠鲜红地立在头顶，比一般母鸡的要大好多，看起来虎虎有生气。它不慌不忙地撬头啄食，我放好盆，走进放鸡笼的老屋里，定睛看见禾草中有一颗米黄色的鸡蛋，伸手去捡，尚有一股余热散发在手心。

# 世上最好喝的豆浆

单位食堂每日的早餐供应，是和包点公司合作的包子和豆浆，每日封装好运送过来，放在一个巨大透明的收纳箱里，来晚一点，包子和豆浆就凉了大半，食欲也随之下降，变得可有可无。

然而饥饿的胃并不因此放过我，它的隐痛让我注视着桌面上凉透的早餐，回想记忆里久远的家常。冷却后的包子变得腥硬，渗出的油渍沾附在透明塑料袋上，是无论如何也不想再去触碰的。反倒是冷凉的豆浆，黄白的颜色还是那样清亮，想喝又难加热，弃之更觉可惜，但我知道，它并不是最好喝的那一杯。

对于豆浆的喜好，也许不仅仅缘于豆类食品在我们日常饮食中的分量，不是因为它的营养构成如何接近健康饮食标准。它和很多让人怀念的食物一样，因由它的温度，以及所承载的温情和文化记忆，正是这些东西，让一份平常的食单，在私人的生活里增添别样滋味。承载于豆浆中的情感温度，源于乡村生活的简单贫乏，日常饮食的食材随处可取，豆腐豆浆，这些小家庭看似无法制作的食物，也许隔壁就有小作坊，为你实现这些神奇的转化。

说神奇并非夸大其词，颗粒滚圆紧实的豆子，变成柔软多汁的块状，颜色亮黄变成奶白，散发着浓郁而不甜腻的香气。我的老家在赣南丘陵间的小平地，大江弯曲而过，处处点缀水塘，在一塘之隔的对面，就是小村子的神奇所在——豆腐坊。做豆腐通常都是现在这个时候，年关将近，但还有一两个月的时间，足够鲜嫩的豆腐变成浓郁的腐乳。我的母亲就像所有那些终年没有停歇的母亲一样，早早就计划着这一年做豆腐的时间，做多少，谁必须送到，就像鱼丝，还没做就念叨着：城里二伯母已经等了一年，做好你顺路就带过去吧。

母亲在日常活计的间隙，悄悄在屋角干燥的地上架起了柴火，一节两节，十天半月后变成一捆，用禾草捆扎了，就开始倒出今年新收的豆子。挑挑拣拣，洗净，然后用水泡着，她早已打听好了池塘对面的作坊给我家做豆腐的日子。这也许就是最初的"预约"吧。到了这天，母亲提着泡好的豆子，带着自家准备好的柴火，就沿塘边的小路过去，把东西放在枣树或柚树下，和前来做豆腐的其他母亲聊天。轮到自己了，就开始帮着磨豆子，放火，洗石膏水。作坊里有灶台和大缸，记得小时候我们跟着母亲在豆腐坊窜来窜去，趴在缸沿，看着舀进去的白色汁液慢慢变成豆腐脑，接着就能听见母亲的催促，让回去叫父亲提几个保温瓶过来，装几瓶豆浆回去。

当时觉得几瓶豆浆太少，不几下就被我们喝光，嚷着还要，但豆腐已经做好带回家里，母亲是不会再带着保温瓶去豆腐坊舀豆浆了。父亲时不时有朋友过来家里谈天，家里得随时准备茶水，不可能把所有保温瓶灌满之后，请前来闲坐的人喝豆浆解渴吧。尽管豆浆只是年末做豆腐附带的东西，但它却牢牢占据着我记忆的重要部分，关于豆腐的记忆反而如小葱拌豆腐一样清淡，若有若无，在看不见的虚空中轻轻飘浮着。

那时豆浆的香味，如今回忆起来都觉得不可思议，为何会有那般清香而不甜腻的滋味呢？或许是现在街头巷尾出售的豆浆太过稀释？还是因为，如今的大豆早已不是原来的品种，它隐秘的部分变得神秘而不可知？回忆的不可思议也变成讶异的一部分，它往往会让人怀疑，是否小时候所谓的美味，都是过于贫穷，是贫穷限制了味蕾。如果这样想，就将是一场伤感的回忆，它对过往的一切，那些曾停留在你身上的东西，都是满怀敌意和伤害的，它是一种背叛。

但我信任记忆里的味觉，是它让我在遍尝诸般美味之后，不会厌倦，让我在饱足之余，仍然会怀念家乡的味道，母亲的味道，家的味道。我就像是一棵植物，哪怕风和野兽将我的种子带往异地，我也能清楚记得我的根在哪里。

当面对眼前的豆浆时，我会尽可能将它喝掉，并满怀期待下一杯的滋味。

# 树的形状

树的形状千万种，也许这样说并不确切。更准确的说法应该是，世间有多少棵树，便有多少种树的形状。

我无法向你描述树的每一种形状，因为我也像你一样，在经过它们时，只在眼角的斜光里感受到大概的样子，或许有兴趣时，会抬头正视几眼，那么它的形状就会在我的眼里清晰显现。但我并非想对你这么简单地介绍一番，即使我的形容再逼真，也比不上你走到屋外，仰头看看。

于我而言，树的形状，即是记忆的形状。伴随记忆而牢记于心中的树，它们的形状总是独一无二的。

我的记忆里有三棵尤为特别。

一棵是桂花树。大概是父亲外出做泥水活时，从哪个东家那里要来的，移植在门前坪地上。当时村里人的生活境况有了改观，比较富足的家庭，都喜欢在门前和庭院里种几棵树，我家是很一般的家境，当大家都将房子粉饰一新，建起了独门独院时，我家还是两层小板楼，门前是村里人来人往的小道。直到左邻右舍都在外面建新房，这条路上行人日渐稀少几近于无时，门前的坪地才显得空旷起来，父亲把地面硬化，在东边角上种下了这棵桂树。

它的样子实在有些丑陋，几乎在根部就分出了几根枝丫，种下去填好土，就像一下子种了几棵树下去。这并不是一株名贵的树种，甚至连一棵"正宗"的桂花树都不是。在我的认识里，正宗的桂花树是八月桂，一年一次花期。开花时，方圆几里地都能闻到，花香浓郁，沁人心脾。这一棵是四季桂，顾名思义，只要它愿意，一年四季都可以开花。它的花香因此也寡淡不少，只有从门前经过的人，会惊讶地抬起头说，哦，原来有棵桂花。

　　那时候我住在一楼的房间，每次醒来都能闻见花香，看着阳光透过木窗棂照射在墙上，细小的灰尘漫不经心地飘散，躺在床上便久久不想起来。当桂花树长到我一个半这么高时，我偶然发现，居然有一只麻雀在上面筑了窝。它就像很多受到威胁的鸟儿一样，尖叫着迅速从枝叶间挣脱出来，落在稍远的一棵楝树上，不停叽叽喳喳。我怀着好奇，搬个凳子往巢里看，居然有麻花色的几颗蛋。此后我出入家门都变得轻手轻脚，生怕惊扰了它们。这棵桂花也逐渐变得热闹起来，时不时就听见幼鸟尖细的叫声，一定是鸟妈妈带着虫子回来了。

　　那个冬天渐临时，它们一家也飞去了其他地方，有次我闻着花香又来到树下，忽然一阵扑腾，一只黑鸟沉默地飞进了远方的树丛。也许那个渐渐破烂的巢，还能留宿一些独身的鸟呢。又过了两年，我家终于要在老屋旁建新房子，要移走这棵桂花树，父亲的一个工友刚好知道了，就出了些钱，把它移栽到了他家门前。从此我就再也没有见过它，不过它的样子还是在我的脑海里时常出现。我想着找个时间，让父亲带我去那户人家看看，如果没有枯萎或被砍伐的话，如今应该大得很了，它见到我，不知道还能否记起呢。

一棵是香樟树。香樟在我们那旦很普遍,家附近就有很多棵,都长到了几十米高,棕黑的树皮一块块,就像干旱裂开来的泥地。这棵樟树长在我家门前的池塘边,树龄也有几十年了吧。粗壮的树身向着池塘中心倾斜了大约四十五度,看起来随时都可能倒下去。在两米高的地方分成三根枝丫,左右两根已经有半米粗了,向着池塘中间的那根仅有半米长,腰身大小,不知道哪年被人锯断了。断枝上的树皮早已脱落殆尽,呈现出木头灰黄色的光滑质地。枝丫往上没多少就开始有很多蕨类和苔藓寄生,尤其是苔藓,趴在树身上花花绿绿一大片,看着都心里发毛。树根往枝丫这一段的树皮也脱落得差不多了,我们小时候爬过,现在还是偶尔能看见有人爬上去。

那时候它就是我们的天堂。我们能想到的很多游戏都可以在这里进行,甚至是捉迷藏,有的人也爬到树身上去,蹲在那根枯枝上,躲在两根粗大的树干后。但更多的时候,还是用来跳水和钓鱼。我们不像河边的孩子,玩水都去江里,我们只能在池塘里玩。有一次我偷偷跟同学去江里游泳,脱掉衣服,往外走了五六米就不敢再往前,江面阔大,感觉到自己的渺小,心里顿生恐惧。池塘里我却一点也不害怕,年底抽水抓鱼的时候,我早就知道这口池塘有多深了。游泳通常能够聚集起村里所有的小孩子,会玩水的脱光了都泡在水里,不会的就或蹲或坐,在池塘边看得津津有味,偶尔在水里的还会向他们泼水,引起一阵阵欢叫。在樟树上跳水是游泳的重头戏,它既考验一个人的泳技,也考验胆量,胆小的人是不敢跟着我们爬上去再跳下来的。但我们都必须小心翼翼，光滑的树身上浸了水，很容易打滑，虽然两米高的地方就是天然的"跳水板"，对个子矮小的我们来说，也是一段艰难的高度。有的半路上会打滑滚进水里，爬起来还是满脸笑意，那些爬上去，在断枝上装模作样，摆出各种姿势往下跳的，更是乐此不疲。我虽然胆子小，但游泳是个好手，多爬几次后，这点困难就不算什么了，每回都要跳好多次。

那些不想游泳的日子，这个"跳水板"就成了小板凳，我们坐在上面，可以把不长的鱼竿甩到池塘中间。池塘里多是鲫鱼和鲤鱼，养池塘的人家放的草鱼之类，我们是不会钓的。这是一种隐秘的契约，当塘主看见我们在他的池塘里钓鱼，知晓我们只是钓些小鱼，一般都不会驱赶。有时候很长一段时间，都没有鱼来咬钩，我们就四处乱看，看到水面上自己的影子，不禁要伸一伸腿，或者挥一挥手，和始终陪伴着的另一个自己打声招呼。

这棵树从我记事起到现在，一直都是歪斜着，巨大的树冠几乎有整个池塘大，健硕的树根裸露出来，又深深扎进土里。有几次从外地回来，我感觉它又向水面倾斜了不少，估计不久就会倾覆在池塘里了，可是一晃多年，它依然这般模样，像一个沉默的祖先守候在那里，等着四散的游子回家。

还有一棵是榕树，就在我家西边五十米的地方。我们村有好多棵百年老树，离我家都不算远，这棵最近，所以对它情有独钟。

虽然怀有这般感情，但好像也只此而已。它太大了，七八个人才能合抱的树身，铁灰色四处伸展的枝干，还有墨绿浓密的叶子，身处这里，仿佛鹤立鸡群。我们似乎对一切巨大的东西都充满敬畏，尤其周围房屋矮小，其他的植株长得歪歪扭扭，不成气象，它的气息弥漫出来，不知不觉就浸濡了身心。它宽广的身姿荫蔽了好几户人家，即使下大雨，要过很长一段时间，树底下才开始下小雨。到了夏秋，除了习习凉风，它还会给我们另外的恩惠——榕树籽。这是住在树边的奶奶告诉我们的秘密，榕树籽可以吃。这棵巨大的榕树秋天会掉落密密麻麻的籽，一天可以积上一层，几天不打扫，就应该用堆来形容了。

那个时候，村子里的空气中会有一股酒精的味道，这是掉落的榕树籽发酵产生的。地上已有很多蚂蚁吸食，那个奶奶看见了，便教我们捡那些紫红色没有摔裂的，用井水漂洗干净，就可以吃了。那是一种清淡如无花果的味道，清香，甜涩，它们内里也很像，都是满满的种子。那时村里的桃李早已过季，我们总会在奶奶门前的青砖地上，蹲大半天捡食榕树籽，榕树下最大那户，就是村里的"台湾佬"家，庭院硕大，除去落在青砖上和瓦面上的，绝大部分榕树籽都落进了他家的院子里。我们眼馋得不得了，却又不敢擅自进去，只能眼巴巴看着那家人一次次把籽扫成堆，用簸箕装起来，倒进垃圾堆里。"台湾佬"为村里修筑了一条路，尽管这样，其他人对他家还是怀有一种莫名的情感，不亲近，甚至非常疏离。那些年他总是独自坐在客厅的摇椅上，或者出来院子里，在树下歇息，我们东张西望一会，就转去别的地方玩了。

有年禾苗绿油油的时候，一对白鹭在榕树上筑了巢穴，村里有个好事的小伙，想上树去掏鸟窝。他确实准备许久，带来了很多马钉，一个个钉到树身上。我们在树下瞧着他，那个时候才发现，原来树干是如此粗壮，他在上面，就像动画里的树灵一样细小。但还没上到一半，他就慌里慌张退下来，不知道是看见了蛇，还是被拇指粗的毛毛虫垫到了。那些马钉再也没有拔下，我们有时候抬头，看着像订书针一样打上去的马钉，内心会涌起一股冲动，但最终还是胆怯下来。后来村里人渐渐搬到外面去了，整个村子变得空空荡荡，老屋在破落，钢铁在生锈，原本洁净的村道和坪地，都长满了植物。听说几年前有人在树身上钉了一块铁皮，证明这棵是古树，需要保护起来，我便想到了树身另一侧的马钉，它们大概都被榕树吃进肉里了吧。

　　当我在别的城市工作和生活，看见那些高大巍峨的树木，总会想起故乡的三棵树。它们无一不在我的记忆里，占据着根深蒂固的位置，它们既在故乡的土地上生长，也在我的记忆里坚韧地生长着，甚至在我的心里，它们生长得更加高大健硕。我放假回家时，除了问候亲友，也会郑重地问候它们，它们早已是我亲友的一部分，无比耐心，也无比仁慈。

# 唯一的路

疫情反复，但我们依然珍惜节假日相聚的机会。

我买了除夕日回程的机票，大姐一家大年初三从湖南过来，二姐一家也从县城返回，一家人团团圆圆，以前不知体味，今年倍觉温馨。

人一多，家里就热闹起来，一些不那么冲动的想法，随意说出口后，很快就会被附和，接着被付诸行动。好像人的主观能动性消失了，被一种激情推动，只是这种行动并无伤害。

故乡这些年，确实变化了不少，多年未见的朋友过来时，还是凭过往的经验，走原来的小路，不知晓另一条新修的柏油路，进出更为便利。去年赣深高铁通车，高架桥在家背后的滩里架起一长条高架桥，拦腰穿过牛牯岭，外出也可以说，高铁经过我们村了。

去爬牛牯岭的想法，就是这个时候提出的。大家也不是想爬山，就想近距离看看高铁。我们看似很熟悉，却从未在护栏外面看它呼啸而过。尤其是母亲，大半辈子几乎没有出过远门，高铁更是新鲜事物。

准备出门时，母亲说她也想去看看，我们等她做完手里的事情，换好鞋就出发了。这半年来，家里的天气都是阴雨，难得有一天晴空，大家的心情也疏朗了不少。尽管每年都要回来一两次，每次都会出来走走，当沿着熟悉的田间小路，走向尽头的山边时，才发觉这些熟悉之地也已长出陌生的枝蔓。荒芜的田地被外乡人承包后，复又开垦种起了水稻，为了开渠引水，道路尽头已被挖断，多出一条水渠，不大不小，难以逾越。

外地人终究没有我们对这片土地的感情，我们对记忆拼图又执拗地信任。他们随意开掘，不分地界，也无人争议，毕竟，滩里大多数田地已被征集，不久将成为多车道的公路。

走上旱架（溪岸高地），又沿着荒草走到陂头，溪中无水，没有冲刷的轰鸣，对面就是山了，不时传来鸦雀的叫声。我们走得缓慢，主要是母亲也在，怕她路上湿滑摔倒。山下那一侧，早已没有了上山的路，全部被野草覆盖，每走一步，几乎都要陷入泥水中。

好不容易来到相对干燥的山脚，因为开山修筑高铁通路，半山腰被夷平的泥石，把半个山坳都填满了。来到这里才发现，大约时不时会有人爬上山看高铁，土坡右边已经踩出了一条斜长的坡道。他们准备从那里上去时，我看见左边被多余的水泥砂浆冲泻，土坡已经硬化，便决定从这道硬化的斜坡爬上去，已上初中的外甥也随之响应。

在母亲和大姐争相劝说声中，我们已经攀到了中途。陡坡从下往上看不出高度，爬到一大半，在她们的劝说中犹豫着要不要下去时，回头才感觉到危险。从上往下完全是另一副模样：陡峭、险峻、高悬，骑虎难下。

小外甥攀爬在先，停在前面，因为最高处的几米，并没有硬化的水泥砂浆，而是湿滑的泥土，攀爬前我并没有注意到。我试着匍匐在砂浆上往下退，却并没有可以落脚的地方，我们除了前进，并无选择。

我的腿已经开始打战，不敢再回头。小外甥似乎并没有多么害怕，当我告诉他只能爬上去之后，他不再犹豫，三两下就上去了。他年轻瘦削，而我中年发福，来到被他践踏过的湿泥前，特别害怕脚下打滑，翻滚下去。母亲他们看见小外甥爬了上去，我也即将登顶，就沿着那道斜坡过去了。我几次抓住长出泥土的枯草，没使力便松动了，伸脚每踏一块泥地，都不住往下滑，尽管就一两米距离，还是让我恐惧和沮丧。

不知道是出于自尊，还是决定放手一搏，或者一时冲动，我把手深深插进泥里，勾身低头，把脚尖踢进泥土，膝盖也抵在上面，手脚并用，终于爬了上去。小外甥洋洋自得地说，这才是我走的路。我身上的颤抖仍未止歇，回头看看，便往里走去，假装去坡面积水处清洗手脚，让自己平静下来。

我有多久没有冒险了？这次攀爬可能并不算冒险，却足够在我心里留下印迹。我似乎已经慢慢习惯了安稳、平静，害怕冲动、冒险，我不清楚这是成熟还是怯懦。我只知道，因为这种痛苦、犹疑，我失去了这辈子最珍贵的东西。

不管是显在的还是隐秘的，不管是归来的还是离去的，不管是沉寂的还是喧嚣的，不管是短暂的还是漫长的，我的路在哪里呢？

母亲他们已经从缓坡走了上来，不远处恰好响起高铁的轰鸣，他们匆匆往那边去了。我蹲在积水边看着他们的身影，心里怅然若失，默然问自己，我何时才能像小外甥一样，扬扬自得地说，这才是我走的路。

# 遥远的紫云英

扶贫工作进入攻坚阶段，我们单位对口扶贫的对象三合村，还未出现在脱贫名单上。为了顺利完成扶贫工作，我们的工作形式略微调整，原本由一定职称和级别的员工对口支援贫困户，转变为他们作为扶贫对象的第一责任人，其他没有扶贫任务的员工合理分配，承担第二责任人的任务。统筹工作的同事最后总结说，我们现在进入了全员扶贫的时代。

作为新进的员工，我自然也就分配到了扶贫任务，成为两个贫困户的第二责任人，在布置工作后的第三天，就跟随着租来的中巴车，去往扶贫点进行第一次摸底。三合村是外市县下面的一个小村子，中巴早上七点半从单位出发，离开市区后再行驶三小时，大概十一点就能抵达，全程近四个小时。村子下面又分好几个屯，最远的一个在山坳最里面，从村委出发，开车也要一个多小时才能到。

其实两年前刚入职时，我们几个新来的就跟随老员工下去过一次。那时是七月，这边的夏天来得早而且极为漫长，喀斯特地貌造就的山水起伏独特，茂盛的植被覆满了每一个山包，河流清净，熠熠生辉。村子是一个小山村，进到里面，需要沿着之字形的盘山公路往上走，然后穿过一个人工凿通山石嶙峋的隧道，接着在一个深谷边拐个弯，往山下走就到了。因为自小在北方长大（本土居民把外省来的人一律都叫作北方人），这样的地貌没有见过，小轿车一路驶过时，我都是屏住呼吸，到了平地上才舒了口气。这次听说修通了城际快速路，一路上不仅会快很多，而且更为舒适，我看着一路上陌生的景致快速地往后退去，自然就以为这次下乡，不用再经过那么险峻的山路，平平稳稳就能到达三合村。可是快速路只是通往县城，接下来的路途还是原来那条，当高高的中巴车摇摇晃晃地，加速驶上山去，又在深谷的悬崖边摇摆不定的时候，我反而比第一次更为惊慌。车子拐弯时，因为惯性向着深谷的方向甩出去，其他人要么闭眼，要么在聊天，我就势往谷底望了一下，本能地往车厢里面缩。

进入村庄的路只有这一条，顺着它往里走，地势逐渐变得平缓，被两边的群山围出来的一长条，就是这个村子的样貌了。房子大多建在路边，也有一些分散建在田间和山脚下，有的还建在低矮的山坡上。这次来得早，三月万物复苏，有溪流经过的地方用来种稻子，现在的地已经翻开来了，看不到地表水的地方，都种上了苞谷，放眼望去，在青苗拂动间，还有一块块黑色的大石头分散在田间地头，它们都是从山上滚落下来的。

我们先在村委会的二楼听取具体的任务布置，然后就由一个村委的工作人员陪同，去到自己对接的贫困户家里摸排情况。我所担任第二责任人的两家贫困户，一户的青壮年外出务工了，常年在家的老人估计也趁着大晴日子，去了地头为苞谷苗施肥，我们去的时候大门紧锁。另一户在家，热情地把我们迎了进去。他家的情况有两个，户主前些年在外务工，雇佣方一直拖欠工资不给，他很苦恼，不知道寻求什么途径解决；另一个是，他还未成年的女儿不肯上学了，虽然高中已经不属于义务教育范畴，但不读书也不做事，总也不是办法。

上次来这里是填扶贫手册，没有了解贫困户家庭的具体困难，这次来，不禁为他们感到一阵难受。拖欠工资固然可以通过法律途径强制执行，但需要多久的等待，谁又能说得准呢。这个未曾得见的女孩子，让我想起了外甥女，我大姐的女儿。外甥女的情况比她还要糟糕，初中还未读完，就已经退学了。先是跟着爸妈在东莞的超市里当导购，做了两年，嫌累辞职，今年过年一家回来拜年，就留在二姐这里，学做美容。我不晓得湖南那边针对义务教育阶段的孩子退学问题，他们是如何解决的，是否只有贫困户家庭才能"享受"这种重视，而非贫困户则不在他们的范围内。

只是这个已成事实，不好再做推测。我却觉得很遗憾，毕竟没有学历，将来的出路会极其狭窄，好好学一门技术，也许能够让她在未来得以安生。听到这户人家的女儿也厌倦了读书，我心里自然就想起了这条解决途径。不过她尚未退学，这件事情就必须慎重考虑，只是青春期的一次叛逆也说不定，过些天也许就会安静地回到教室了。我们到的时候，听闻她早早就出去了，未能见到她，不然就可以仔细了解她的想法。

来之前，我们开玩笑说，我们下去不能叫作扶贫，而应该叫贫困户慰问贫困户。在这个工资极低而物价又高的省会城市，我们租着城中村的房子，攒着为买房付首付的钱，省吃俭用，未必比他们好到哪儿去。只是当我们真的身临其境，在满是猪牛羊臭味的村巷里穿行时，觉得他们虽然住的是大房子，吃的是纯天然有机菜，现在的境遇却是在始终内耗着，我们的未来或可期许，他们的未来却是不容乐观的。在行走的过程中我也听说，这个村子尽管山围水绕，但因开矿，清澈的河水和地下水都被污染了，农家日常饮用的水源，都是外面运来的桶装水。

我所对接的这两家贫困户的事宜，回来村委很快就统计好了，去往稍远几个屯的同事尚未回来，趁此间隙，我便沿着田间新修缮的水渠，往绿色深处走去。

三月初的山间村落，有一种别于江南水乡的独特韵味，北面苍郁的山丘绵延起伏，南面颇有些巨石嶙峋、断崖次比，乡间公路在狭窄的平地中间蜿蜒，又在一派青翠中遁入山林中。田地随着地形开垦，东南方平坦潮润，向着西北方向一点点抬高，渐渐有了梯田的样子。年初以来，这里的雨水断断续续，几乎没有停歇，位置高的田地仿佛刚浇过水，土色深沉，看起来肥沃无比，地势低的田地洇满了水，深的地方已经连成一片，就像一个清澈的水潭。

我顺着水渠青白色的水泥面，不紧不慢往上走。渠中有水流动，图省事的村民用铁线网拦出其中一段，把自家的鸭子赶进里面，我走过来时，那些白白麻麻的鸭子忽地从这头跑到那头，忽又从那头跑回这头，扑棱着翅膀嘎嘎叫。潮湿的田地里，先前种下的苞谷苗有一支筷子高了，隔着几十厘米一株，一块地连着另一块，无数的青苗在风中摇晃着枝叶。三三两两的农民在田间劳作，大多是老人，他们把太密集的植株拔出来扔在一边，然后在边上松土，撒上一捧化肥，剩下的植株可以更好吸收肥料与阳光。

因为地势的缘故，水渠弯弯曲曲的，向着远处草木茂盛的山坳延伸。田埂大多被农民收拾得很干净，没有杂草横生，艾草一簇簇的，已经长到一指多高了，它们保留在这里，大约也是当地人有意留着，到时候做艾米粑粑。我俯身仔细看它的叶子，有些像芹菜不断分蘖，但更柔软鲜嫩，折一根下来送到鼻子前，浓郁的香味瞬间就被吸入胸腔。前些日子工会活动去到一个村子，村里的博物馆有本关于饼模的书，里面介绍了各式制作糕点饼干的模具，花式繁多，雕刻尤为精细，其中就有制作艾草糕点的模型。小时候我家在清明时节也会做艾米果，但只有一个模具，是用木头做的，一根二十多厘米的板条，板条正中接一块半厘米厚中间挖出一个圆的木块，可以左右活动，与之对应的两边，在圆弧里都镂出不同的图案，把揉好的艾草团放上去一压，就有花式了。

走了大半，离村心的公路有几百米，我便慢慢往回走，太阳大了不少，后背渗出汗来。我沿着水渠走了一段，就岔到细细的田埂上，沿着田埂往前走。有的田地不知道什么原因，用铲土机铲掉一层，变得更加低洼，里面蓄积了一地的水。水很清澈，大概半个小腿深，水底是光滑的泥面，水面被风吹得荡漾起来，一些枯黄的稻秆也随波起伏。再往前走，地势较低的其他田地，去年的水稻收割之后，便没有再翻种过，一排排稻茬潮湿暗黄，田间长满了细长的青草。远远看着是淡青色，走过去细看，茎叶翠绿，瘦长如针，密密麻麻。

有些田地里的水可以遮没脚背，有的稻茬只露出一个头，很多青草已经起来了，倒映在水里，绿莹莹的。我忽然有种脱掉鞋袜，到里面疯跑一阵的冲动，但想到陌生的地方，被污染的水，已然过了而立之年，这种冲动便偃旗息鼓了。站在泥湿的田埂上，看着眼前几个水田，让我不禁回想起春天故乡的田野。

我的故乡在赣南，坐落在丘陵地带，但我家所在的地方，更像是平原，一片片稻田相连，阡陌纵横，直到远方的山脚下，据说有成千上万亩。

在我的记忆里，稻田一年中有三次最美的时候：青苗疯长时，稻穗成熟时，还有便是如今这个时候，收割后的稻田里蓄满雨水。青苗疯长绿意盎然，稻穗疯长遍野金黄，只要用心一想，就能感觉出美来，也许你会疑问，当面对一片空旷的水田，怎么用美去形容呢？

故乡的水田有用红花草沤肥的传统。红花草的学名叫紫云英，不仅是一种很好的绿色肥料，还是美得让人心醉的景色。我总是很难知道，爸妈他们什么时候就把红花草的种子撒到了地里，也曾听别人说，只要在田里撒过一次种子，往后便再不用撒了。我不知道它们是何时从地里冒出，忽然之间就让暗淡的土地变得红艳艳。也许小时候总是不记事，所有心思都在玩上面，红花草就像一种信号，一夜之间告诉我们：可以来玩了。

尽管说不知道什么时候，红花草就长出来了，但总会在雨后。我甚至以为，当天空劈下第一声春雷的时候，长眠在泥地里的红花草就听见召唤，醒了过来。从那个时候开始，便隐身在常年油绿的鱼草底下默默生长，直到茎叶亭亭，高出鱼草一大半，它便藏不住了。红花草的叶片和其他青草的不一样，一瓣瓣的，看起来很肥厚，叶茎也长长的，一溜的叶子排过去，把茎秆往下压。它的花也很特别，在茎的顶端打开一圈花簇，每个花簇都会开出一朵，围成一圈，花瓣底部泛白，尖上是紫红色。大片大片的红花草一夜间开遍，提供粮食的土地，开始迎来鲜艳的一刻。

　　踏"红"最好的时机，在我看来，便是微雨朦胧的时候，近处的红绿与远处的青山，在眼中交相影映。撑着伞来到田间，沿着细小柔软的田埂，漫无目的地左转右拐，看着雨水中长出的紫云英，犹如看着池塘里长出的荷花。走不了多久，就不想规规矩矩的了，把伞一丢，雨鞋一脱，就跑进水田里。

　　被水浸泡了这么久的田地，稻茬已经泡软，不再像刚收割完那样硌脚，泥软又不太软，陷过脚背，就不再往下陷了。家乡的农田有着天然的可信任感，虽赤着脚，从未害怕会被割伤或刺伤，也从未惧怕在水田间跌倒。有时候，甚至就想这样扑倒在田地里，任泥水浸湿衣服，任在田间飞舞的蜜蜂在身上停留，仿若我也是一棵紫云英。假如天气回暖比较早，这一片红绿相间里，会有几只早来的白鹭，悠闲地啄食，看见疯子一样的我们，会扑打着翅膀飞起，又在不远的花草间落下。

也是这个时候，水田里的水满溢出来，流进边上的池塘，听水响的鱼儿早就耐不住了，纷纷逆水往上冲，游进水田中，不用多久，水田就变成了浅浅的池塘。白鹭在这里寻觅的鱼类，有鲫鱼也有鲤鱼，还有一种浮游水面、身体瘦长的鱼儿，或青或红的鱼脊在花间游走，偶尔这里的青草动一下，偶尔那里的红花动一下，忍不住便追着这些动静，在花间奔跑。对于当时的我来说，那就是最奢侈的时刻，任性放纵地奔跑，不会内疚地践踏，这一切不属于我，但那一刻又真切地属于我。

听水响的鱼儿大约是到了产卵的季节，它们喜欢溯流而上，不论是前面田地，还是沟渠，抑或路面。我们也知道，春夏的一场大雨后，就可以拿着渔网或畚箕，来到池塘边的落水口，往水里一捞，总是能收获一些鱼。水响不仅是流水的声音，还是鱼儿逆水行进，拍打出来的声音，"听水响"便给了我们信息，成为家乡的一个俗语。

然而这一切都已变成遥远的回忆。

五六年前，家乡的人们纷纷涌入城市，刚开始是一些水田荒了下来，长满杂草，后来荒田更多，成为良田里的伤疤，再也难治愈，仅仅是两三年的时间，成千上万亩的水田就没有人再耕种，迅速荒芜下来。爸妈原本习惯了田间的生活，起初自家农田一边的水田不再耕种后，他们还坚持了几年，直到四周的农田都已荒废，翻耕水利变得尤为艰难，他们才不得不放弃。生活在广阔的田地间，每家每户吃的都是商品粮了。

原本被农人收拾得干净整洁的田野，没两年就疯长出了比人还高的野草，原本宽阔的田间路，早已下不去脚了，隔不了多远就有一个隆起的土堆，蚂蚁不知何时已经完全占领了万亩良田。当这个地方被规划到经开区，谣传这几年要开发，就有人乘机而入，租下了农民的荒田种树。过年回去的时候，我专门到地里，荒草仍然遮天蔽日，种下的树木并没有很好地打理，也许是开发未能到来，承包商没有了热情，枯死一大片。听妈说，刚开始种树的时候，纠集了村里差不多所有闲散的劳动力，来到田间地头除草挖土，荒芜的土地似乎就要重新变为可用的良田，只是终究退归到了颓败。

　　望着这一片水光盈盈的水田，想象着在里面种满紫云英，四周有青山环抱，那会是何等美丽！也许他们并没有播撒红花草的习惯吧，不然这一汪水面，就不会那么单调了。然而他们仍让我感到惊喜并感动，毕竟，所有的土地都还在耕作着，不曾荒废，卸下农具的耕牛在田间悠闲吃草，人们依然相信土地，相信辛勤劳作必然能够获得土地的恩惠。

　　时间过去了几个小时，我们又打算再去那户没见到的人家看看，希望这次能够碰到。小村没有规划，巷道凌乱，走过几次才能辨认方向，尽管上午去过一次，我们还是绕了路才找到。房子是钢筋混凝土新建的，但依然保留着传统的干栏式结构。底层是一个大开间，用来关放牛羊牲畜，沉闷的空气里都是它们的味道。二层以上用来住人，窗明几净，跟城市里并无不同。他家的门仍然紧锁着，喊了几声也没有人应，大概还在田里尚未回来，我们只好沿着原路返回。

不多时去到偏远屯的同事也回来了，车子下山后就摁响了喇叭，这一次的扶贫工作已到收尾阶段。大家互相招呼着上车返程，我也从田埂上退出来，回到主路。这是我第一次带着责任感回到这个地方，那么真切地感受到另一个家庭的困难，他们的神情就像我家乡的父老乡亲，淳朴善良，谦卑得近于自卑。那一刻，我真心渴望自己可以做些什么，我想从他们忧郁的脸上，看到明媚的笑容。

在行进的中巴上，放眼望去的土地，尽管只是一片苍翠，但我的眼里仍然跃动着紫云英的红，若近若远，似有似无，仿佛也有几只白鹭，当我们的车子驶过的时候，蓦地从水田里飞起来，在群山间盘旋，久久未曾落下……

辑
三

# 深夜，爱情和水蛭

卡莱尔说，未哭过长夜的人，不足以语人生。有时候更坚信，在深夜无以痛哭的人，才懂得真正的人生。

只是这种带有情绪指向的说法，总是让人不自觉想起王国维的境界说：独上高楼望尽天涯路，衣带渐宽终不悔为伊消得人憔悴，蓦然回首那人却在灯火阑珊处；或者是佛教中的禅悟：看山是山，看山不是山，看山还是山。情绪就是遮蔽，它将一切揭露，同时又将一切遮掩，似山非山之间，如堕五里雾中。

在深夜里未曾流下的泪水，究竟是被什么阻挡了呢？人们总爱说"死不瞑目"，或许这"什么"，就是令死者不愿闭目的那"什么"。"什么"好像暗指某种确切的东西，又什么也没有指出，它的出现便逾越在诸多词之上，仿佛现实中某些具体的人，他们超脱于繁复的规则之外，不受约束，或未敢约束。

而痛哭与不痛哭的人，黑夜一定给了他们什么，究竟是什么？

网上流传着一个视频，似乎在日本的一辆地铁上，一个穿正装的男子，左手护着一个公文包，右手拿着一块糕点，一边咀嚼，一边默然哭泣。加的文字说明写道：不要嘲笑在地铁上边吃早餐边哭泣的男人。他有什么故事呢？隔着屏幕只能看见一副悲伤的脸容，他尚且年轻，没有历经沧桑世故，难道是受了上司的气？难道是失恋？

受气哭鼻子更像是女孩子的事情，屏幕后面的青年质朴，头上是没有烫染过的碎发，流出泪水的双眼下，是一张闭合咀嚼的口。他更也许是失恋了吧。

恋爱是多么美好的事情。在那些如疾驶列车上闪亮的窗口一样倏忽而逝的夜晚，我离开那座南方的大学，暂时脱离蜜汁般的爱情，打的，坐公交，地铁，骑单车回到另一个区的住所。那些曾令我恐惧多年的夜晚，忽然变得如此生动，窗外的一切如流淌的景致，那些曾被肆意浪费的夜晚，终于可以如落魄的人挽回尊严。

我也不知道，为何过去的夜晚都不愿在外面停留，哪怕和朋友端起酒杯，正在兴头，仍然会焦虑何时回到处所。尽管那个处所，并没有多出过一个女人，值得想念与爱抚。房间里只有床，只有乱糟的席被，只有书和灯，甚至没有炊具，只有一把水壶。而我回到住所也并没有什么急事要处理，懒散一会儿，或许翻翻书，然后洗漱睡觉。也许是一贯而来的简单作息，所谓的生物钟定时会在心中提醒，只是它不像闹钟一样铃铃作响，更像一种无声而隐秘的召唤，在我的身体内部散发热力，让我警觉与慌张。

是的，在过去的日子里，夜晚总是让我警觉与慌张。很长一段时间我都相信，我们的恐惧源于未知，而黑暗恰好是未知的具象，紧随恐惧而来的便是慌张。黑暗让我无处躲藏，我总怕在黑暗中发现些什么，哪怕它们只是白天庸常万物的影像，夜晚也让它重新获得了使人恐惧的权力。而我却是那很难获得这种权力的人，甚至从未想过拥有这种权力。

爱情使我免疫。我更愿意将它的功用具体到某种激素，比如肾上腺素，它使人精神振奋，仿若混在人群里为某种口号呐喊，饥饿，疲倦，胆小，全部消失了，相信自己可以打倒一切牛鬼蛇神。

夜晚以它本来的面目出现在我面前，当我在车内穿梭于人渐稀少的街道，那些在路灯的照耀下异常鲜艳的叶片变得极不真实，当我骑行在凹凸难辨的路上，汗水湿透了我的 T 恤和裤子，晚归的人在我前后穿插，面貌模糊，他们反而像过去的我，甚至更加思家心切。我虽然也在赶路，却并不慌张了。

然而当我回望这些深夜时，它们比路灯下的叶片显得更为虚幻。我甚至怀疑自己是否经历过那样的一段日子：沉浸在蜜汁般的爱情里，对夜晚没有敬畏与恐惧，幻想着无数尚未来临的好日子。多么可笑。

情感永远是最难琢磨的东西，尤其是爱情。爱而不得会让你失魂落魄，爱而不透仍会让你魂不守舍。每个人几乎都会经历这样的时候，我仿佛历经得更多。贫寒的家境曾让我激涌的情感泥化成石，一个人爱情的火焰亮了又灭，在苦楚的日子里消磨青春的激情。甚至在被人喜欢时，惶惶不可终日，如临大敌。一些纯真的东西逐渐锈蚀，变形，最后变成一块暗癥，举手投足间，尽在眼前。

没有人会教你练习爱情，只有失败才是尽责的老师。但这个老师并不声色俱厉，它甚至没有一副具体的面孔，只是一块朝向你的镜子，随着外界时光的明暗，在你眼里忽明忽暗。你无以争辩，更无以探讨，只能接受，如果你聪明一些，它或许就会显示得多一点。

当我终于有勇气对一个意中人吐露心声，而且获得了她的爱恋时，恋爱前的苦闷就自行转变为对失恋的焦虑和恐惧。我也发现快乐里总有忧伤的滋味，我有多快乐，就喻示着日后将变得多么忧伤。爱情里似乎也有一个轮盘，它绝对是最冷漠的机器，将你从幽深的水中捞起，让你感觉光明即将永恒，而趁你不经意时，又狠狠地把你摔下去，就像万劫不复。

个人恋爱的失败很难推及到普遍的失意，仍然有人愿意溺毙于那无尽爱恋的大海里。他们未曾如我般挣扎痛苦，他们牵手，亲吻，拥抱，欢爱，沉睡，他们是幸运的，他们也是极少的。少到像荒蛮的深山间，没有蚊虫啃噬的蔷薇，上帝之手拨动地球时，总是将它遗落在亘古的秘境里。

此刻，我仍然在夜色掩映的道路上，那些行色匆匆的人们或单或双，或成群结队，向着一个时而与我同路，时而又与我分离的路上走去，然后消失在如墨汁般渐渐浓郁的黑暗里。那些我未曾去过的远方，究竟会有些什么呢，他们是回归一个温暖的巢穴，还是一路欣悦，去看望那些久违的朋友，在一个人来人往的夜市，把酒言欢，一夜风流。但夜晚的远方总有它的迷人与悲凉，也许在某盏凄清的路灯下，就有一个失恋的人，在酒精与眼泪的迷幻里，兀自抱紧一棵树，向它倾诉，也向它寻求慰藉。

我把手伸出窗外，车厢里的冷气早已封堵了汗水的出口，深夜尚未消散的热气就像虚无之水，从我的指尖划过，被这层暖热的水所包裹的城市，仿佛从一个温和的洞中苏醒过来，人群一扫倦怠，生活开始复苏。

　　记忆之水将我冲向往昔，在远方的那些年月，午夜，完全可以用夜深人静来形容，尤其是下着淅沥小雨的日子，湿冷的水滴从叶片上轻坠而下，打在早已湿漉的地砖上，微小的声音被饱足的水汽放大，反而加深了空寂之感。那些没有爱情的夜晚，我在孤独与幻想中行走，穿过散发幽香的晚桂花，穿过健硕高拔的湿地松，穿过池塘和湖泊，穿过情侣和人群，仿佛在寻找什么，却又什么也找寻不到。眼前的一切，除了漆黑似乎什么也看不见，那时候我多么希望，在路的前面可以和某个人遇见，不管是熟识的朋友，还是亲切的路人，我所求无多，只需要打一个招呼就好，让我觉得这个夜晚没有虚度。

　　但有时候我也会无限迷恋那样的夜晚，那些纯净的孤独，莫名的落寞，独自相思，如今像宝石般在我的心里熠熠闪光。洁净的纸面被划过之后，再有效的橡皮也难将它复原。这或许是病态的，然而历经沧桑并非就是接受了世界的苍凉，经历爱情，也不是只品尝到了她的美好。爱情是什么呢？她和世人所诅咒与赞美的任何东西都是一样的，她是解药同时也是毒药，她是美梦同时也是噩梦，她是拥有同时也是失去。

　　布考斯基写道："所以不必在意你和苏珊／分手／因为她会像水蛭一样立马吸住／别的男人"。诗中的"她"换成

"他"也莫不如是。尘世里的痴情男女如寻找食物般不间歇地寻找自己的肋骨，寻找着自己的宿命。纵使伤痕累累似乎也在所不惜，他们在寻找的路上世故而老练，很难判断这样的行为对还是错，他们寻找到的完美还是遗憾。无数人蜂拥着朝一个方向奔跑，就像无数条饥饿的蚂蟥，彼此鼓舞，彼此吸附，最后又彼此离散。

　　彩色的光影在迷蒙的雨气中涌动，黝黑的雨水浸透了这座城市的每个角落，最后向空气漫散。一切宛如幻梦。深夜之水沁透每一寸肌肤，温凉的感觉在某个瞬间让思绪陷入紊乱，那个曾经深爱现在仍然深爱着的人，在明暗交织的幻影中，又变换了模样……

# 滴　漏

　　出租房里的水龙头坏了之后，我一直没有去修。

　　也许严格计较起来，我应该在看见屋内任何设备老坏的第一时间，就让房东下来把它们换了。可我有拖延症，只要一切还不是太严重，我就一直将就着。比如漏水，它总是一滴一滴地滴落下来，刚好我在洗手间放了一个桶，就这样放下面接着，有时候一个晚上漏的水还不够冲一次马桶，有时候多了，凌晨过后起夜，发现一桶满满的，好像刚放满准备洗漱。

　　我确实为这事操了不少心。水龙头有时候滴得快，有时候滴得慢，还没搞清楚的那阵子，我蹲在洗手间里，握着水龙头的把手一开一合，试着让水流失得少些，来来回回却不见效，直到厌倦不再管它。有次出差回来，用过洗手间后，发现关好水龙头就不再滴水，这才想到，越漏水越是不能经常去动，过几天零件生涩起来，问题自然就解决了。

　　只是出差的机会少之又少，房间里的水龙头每天都要用，我不止一次想打开电话，找到房东莫姐的电话拨过去，让她立马把它换了，莫姐是一个好说话的人，我相信她不会拒绝。可当我要拿起电话的时候，看着水滴就像做错事了一样，一滴比一滴滴得慢，心里又犹豫起来，想着再看看，或许因为热胀冷缩，哪天自然就好了。也确实有好了的时候，但不多。某种程度上，它确实替我省了时间，用水更方便，因为用桶装着，也没感觉到浪费。这样的处理就像达到了一个平衡态，它没有失控般滴漏不停，我也没因为内心的谴责而尝试改变。

漏水的是一个塑料龙头，白色，半透明，室内的灯光如果亮一些，可以看清楚有水的一边和空着的那边，白的程度不一，一边亮一边暗。龙头上连着一根拉丝的水管，连接龙头的地方，用一个铁丝线捆着，生锈的铁线呈暗黄色，锈水顺着管子往下淌。我最初以为是连着的管子松了，左拧右拧换转几个方向，才意识到应该是控制进出水的水阀出了问题。水龙头我没有修过，估计也不会修吧，比起维修，显然直接换一个的成本更为划算。但我摸索到了前面说的诀窍，水龙头的漏水量总是控制在最小，就连这个成本也省了。

看似在浑然不觉中节约起来的水，会给我心里一种莫名的安慰，有些时候，当我无意间闯入了这种缓慢积蓄的过程里，它会如倒计时般的指针，一下一下敲击着我的心，让我清醒，也让我震惊。

这种时候通常都是午夜。巷子里不再传来电动车开过的声音，楼上的人也睡下了，不再走来走去，天花板安静下来，隔壁老房东的电视机也关了，锁好阳台的门，灯光一并熄灭，窗外的夜晚扑进来，仿佛瞬间就到了夜晚。也许黑暗浸润每一个角落时，也会发出声音，因为一觉醒来时，周围的静纯粹无比。

如时针般不急不缓流下的水滴，也有秒针奇幻的镇定效果。但在漆黑如墨的夜晚，清澈的水滴声从某个地方传过来，却又比秒针更具有魅惑性。秒针的响动充斥着机械装置呆板的运转规律，而水滴的音色从幽暗处传来时，则带来了最纯净的幻觉，这种幻觉是自然可生成的最完美状态，让我置身在城市的钢铁丛林里，仿佛夜宿于某个山林岩洞。夜里多少次因梦而醒，醒来又恍然若梦，一个梦接着一个梦，一个令人惊醒，一个催人入眠。在那水滴清澈的回响中，我从梦里的慌乱逐渐安静下来，专心倾听黑夜中唯一的声音，有几次，竟让我心生感激。

更多时候，水滴的清响是另一种节奏。翻找我杂乱无多的记忆，它更像是某些十字路口会发出声音的红绿灯。我在几个城市的路口，都曾遇到过这样的红绿灯，它们的声音颇为奇怪。我第一次听见时，总以为路口的附近有个工地，工地上某种机器正一刻不停地运转着，这种声音仿佛某种节拍，更类似节拍器发出的声音。但节拍器声音轻微，主要为了配合某种乐器弹奏，这种声音刻板反复，经过音响的无限放大，成为一种超越汽车喇叭的奇异声响。

最初的几次耳闻并未让我找到答案，我甚至无法确定这种萦绕耳畔的声音，究竟从何而来。某一天路过我忽然明白，只有绿灯亮起时这种声音才会出现，红灯亮起便消失全无。在我现在所生活的城市，某个路口的这种红绿灯，反而有另外一种节奏，深夜的滴漏与它更相像。

这个路口的有声指示灯声音并不大，不知是路面太宽的缘故，还是音量本来就设置得很小，只有走到红绿灯面前时，才能清晰地听见这种节奏。也许绿灯亮起时，这种声音本来也是悠缓的，随着倒计时越来越短，这种声音也变得更为急促紧迫，像马蹄般越来越急骤。滴滴的声音密集而来，走在斑马线上的行人似乎也为这种声音所驱使，不知不觉就加快了脚步，想尽早结束这段穿行。

确切地说，更多夜晚滴漏的声音就是临近红绿灯时听见的那一段，没有舒缓只有急迫，没有语言却能感觉到驱赶。当我深夜醒来，耳边响起急雨般滴落的水滴，原本松弛昏沉的思绪，也逐渐跟上了这种节奏，虽然内心空空，仿佛也被什么追赶着，只能不顾一切向前，奔跑或藏匿，无法停歇下来。这种油然而生的慌乱时常会让我不安，追究不安的源头，却又是一片虚无。有几次我想把桶从漏水的水龙头下移开，任其白白流失，但这种无声的浪费更考验内心的安宁。滴水的流逝与我日常节约的习惯相悖，我犹如强迫症般不愿浪费一滴水，所以无声地滴漏在我清醒的状态里，变得比有声更让我辗转反侧。它让我本能地想到时间的流逝，生命的流逝，一种急切但又无法挽回的状态，令人忧伤。

急速的滴漏似乎也让心跳随之加速，躺在床上，也好像正在等待某个最终时间的到来，但那是一个怎样的时刻，黑暗笼罩一切，始终无法知晓。我也时常因此走神，在一个无尽黑暗的世界里跋涉，想要寻找一丝亮光，一个出口。

在这样的滴漏声中睡去，似乎很快就到了天明，再度醒来的时候，思绪昏沉。闲来无事时，我也会试着估算坏掉的水龙头，一周下来会滴漏多少水量，但时多时少，时有时无，总是无法得到一个确切的数目。我的拖延症因此而持续发作，却始终未到忍无可忍的地步。

这种类似间歇性疾病般的滴漏，与鱼缸中的鱼不同，仿佛一种可以制造声音的活物，在我那个单调无声的房间里，弥漫出一种令人心安的假象。也许我正需要它？

# 书店里的痛苦

我爱逛书店，去到一个城市，不论是久待还是路过，我可以不看它的风景，但一定要去逛它的书店。

书店只是一个代称，可以泛指一切能买书的地方，比如实体书店，旧书市场，临时书摊，只要碰见了，我总想挤过去看看，是否有意外的收获。当有一天，走进书店只是为了体验那"意外的收获"时，逛书店是不是就丧失了它原有的味道呢？

我不知道，我也体味过在书店闲逛的最初感觉，安静，惬意，流连忘返。有时是为了打发一段闲适的时光，比如昨天阳光明媚，吃过午饭往回走时，忽然转念，从家门前一晃而过，就想在阳光下走一走。我沿着东葛路走到与古城路的交叉口，拐到古城路上往南走，到下一个十字路口时往左拐，走在民族大道上。这时的阳光被云层遮挡，我也微微有些出汗，遂进到边上的新华书店，在那坐了一个多小时。有时是实在无处可去，一个人在大街上游逛，不知不觉就走到了书店跟前。

闲适的时光和百无聊赖并不经常会有，大多数去书店，就有了明晰的目的性。凡是带着目的性去做，通常都会苦乐交加，达成目的会让一切倍感喜庆，倘若以失败告终，则必然会浸入悲伤的气氛里。

逛书店的目的性，通常也有两种。其一是想好了要买什么书，去到书店，要么自己按照书籍的分类布局逐个寻找，然后从书架上取出去付账，要么懒得去挑选，直接将书名或作者告诉店员，让他在电脑上搜索，再由他跑去取来，整个过程也许不消两分钟。假如来到的这家没有想找的书，就立马去另一家。其二是没有想好要买什么书，就像我通常逛书店那样。总是带着偶遇的心态，不明白这趟书店之旅，会有怎样的斩获。带着这种心态进去，除了不感兴趣的那些分类，在检索过无数次的书架上，总要细心地再浏览一遍。看过的好书会不自觉地拿出来翻两下，没有看过的新书，还没拆封的就看封面和封底，拆封了的内文也要读几行，说不定就是自己喜欢的口味。

就这样，逐个书架逐层地看过去，半天不知不觉就过去了，也许还会嫌一天的时间太短，半个书店都还没有看完呢。

尽管新书每年不知道会出版多少，但喜欢的却只有那么一些，而这些，都是根据自己的私人口味选取的。这种阅读口味的养成经历了漫长年月，而且每隔一段时间，这种口味或许就会偏离一点，甚至会与前面的喜好截然相反。这只能算作阅读的进步，而不是退化，是精益求精，而非退而求其次。当然这只与你个人的成长有关，与他人无涉。我曾有过一段诗意般的阅读体验，从一本杂志上的某篇文章跳到它推崇的某本书，随手拿起这本书便陷入其中，又从这一本跳到关联的另一本，仿佛一个无限循环，令我着迷。

当我进入书店，在书架间徜徉时，遇见中意的新书会如获至宝般捧住，不再放回原位。又在那些熟悉的"旧书"中间搜寻，无意之间，便会与痛苦相遇。

这种痛苦并非虚拟，而是实实在在能够感受到的痛苦，它让我身心疲乏，徒生绝望。而这痛苦的来源也可一分为二：当我在书架上又看见喜欢的书时，当我看见喜欢的书又出新版本时。我不知道其他人是否可以和我感同身受。逛完一个书店两手空空没有收获，发觉喜欢的书全都看过，再买回去只是重复；前不久才买了一本书喜欢的版本，转眼在书架上看见另一个中意的新版本，而我又不是一个版本收藏迷。重复的诱惑，新颖的诱惑，时常当我逛书店时在我的心里交织，当我怅怅然离开书店时，这种痛苦就达到了极致。

我时常怀疑自己的无知，也时常怀疑自己的贪婪，也许这种痛苦，就是我无知与贪婪的产物。但我不得不说，相较于因其他事情带来的痛苦，这种痛苦是最迷人的。

很多人会与各种东西发生关联，这些几乎可以囊括世间的万事万物。这种关联让他们因对方的病痛、残缺、消失或死亡，而心生痛苦，这种痛苦他们不愿再经历第二遍。我亦是如此，然而我对书店里体验的这种痛苦，却有着一种病态般的迷恋。很难形容这种迷恋是感性的成分多一些，还是理性的成分多一些，但我知晓，这种迷恋是被"意外的收获"始终牵系着的。

我对于物质财富之外的东西产生了迷恋，而这种迷恋却又是我的痛苦之源。这很难用好坏去评判和形容，也无法据此断言什么，或许将它称为"癖好"更为合适。

可以说，我每次走进一个书店时，都是带着必将领受这份痛苦的心态进去的。这有些像置之死地而后生，或否极泰来。当心底已经做好了最坏的打算，任何一份意外的惊喜和收获，都应该值得高兴与满足。

想起曾经去过的每个城市，偶然步入一个个书店，内心那种难以抑制的狂喜，便会觉得这种癖好并无不好，与其说我在期待痛苦，不如说是在期待幸福！

# 衣服的羞耻感

有一天我匆忙起来，赶着去上班，在镜子里整理着装，忽然看见新穿的衬衣，衣领上有一块明显的污渍。看看时间，也来不及更换了，不由得言语道，衣服你不能整天想着让我来打理你，你也应该要学会自己收拾自己了，你看现在脏了一块，你就没有一点羞耻感吗？这无意中说出的话，当时也没有过多地想什么，随便擦了一下就出门而去。

过了两天，我无意中看微信朋友圈时，一个在高校任教的朋友慨叹课时任务繁重，都没有时间抽空搞科研了。他的配图是一个 word 文档，上面有一行字，大意是说，你是一个懂事的 word 文档，以后要学会自己写论文了。虽然这是一条抱怨的消息，但当时看见图片里的文字时，我还是笑出了声。后来在朋友圈和微博又看到了其他人，也用"你是一个懂事的……"的句式，造出了很多出人意料的句子，无一例外看见了都让人忍俊不禁。

我想起我潜意识对衣服说过的那句话来，发觉它们其实都是同一种句式，句子所要表达的意思，也八九不离十。当我在说那句话的时候，其实是在告诫自己，而非谴责棉质的服装，希望以后可以多花费一些时间，多用点心把衣服洗干净，这样把它们穿在身上时，才不会被自己和其他人嫌恶。我想那个朋友发那张照片的意思，大概也是鞭策自己，希望教书育人之余，可以把握好时间做科研写论文，他的指向是自身，而非一个用数字与符号建构的程序。由此也可以想见，网络上衍生出来的各种句子，也是基于这样一种对象替换，达到娱乐的效应。

很难说我脱口说出那句话时，最初的想法也是为了好玩。更多应该是，我的潜意识里根深蒂固地存在着的、近乎本能的推卸与逃避责任的冲动。这种冲动在理性清醒状态里始终被压抑着，只有在不经意间才会乘机从我的嘴里说出来。这也是一个拟人化的说法。当我看见穿在身上的衣服脏了，而又找不到另一个可以推卸责任的人时，这个对象就奇怪地嫁接到了衣服本身。任我如何发泄、发泄多久，它也沉默不会反驳。这是一个多么理想的背黑锅对象！

可是如此深究下去，这个话题必会变得艰涩而深沉，丧失了本该属于它的趣味性。我还是试图回想那来不及多想的一刻，为何我的脑海中会蹦出那样一句不着边际的话来。身处南方近乎热带气候里，我每天要洗的衣服就那么几件，因为所从事的工作都在办公室完成，我的衣服也并不会脏成什么样子。在那匆忙时刻间，究竟是什么引导着焦急的我将失误归咎于身上的衣服，难道仅仅是思维的跳转带来的喜剧般的神奇效果？仿佛做了一个梦，通常梦呓时说出的含混不清的句子，因为碎片般的衔接而迥异于日常表达，衍生出神秘色彩。当我太过专注于衣服时，衣服便成了能与我言说的对象，就像神话传说里所描述的，与镜子对话，与壶对话，与毯子对话，与山门对话，只是那一刻，我的衣服并没有像镜子或毯子，当我提出要求时，它并未回应与满足我。

棉麻因人的需要做成衣服，具备了人大体的形状，然而这就赋予了它人性吗？显然不是，它们还被做成各种动植物的形状，做成想象中的某种事物，它们就像泥土，可以被抟成任何形象。它们成为人需要他们它们成为的任何东西，但终究它们还是自身。

比如穿在我身上的衣服，倘若它们也有自己的思想活动，恪守服务于人的宗旨之外，它们必定也会在心里嘲讽，明明就是你没有将我仔细清洗干净，加上那段时间阳光晦暗，潮气回升，使得原本或许可以淡去的污渍，依然凝滞在那里。当你在质问我的羞耻感时，你有想到过这是你的羞耻感吗？

只能庆幸它没有当面反驳，不然我反应过来的时候，一定会无地自容了。

# 雀巢南枝

四季桂移到门前的空地上也有三四年了吧。

树也像人一样，吸引别人的时候不多，更多的，是自己默默地在岁月的长河中，体味一份平淡和真实。树又不像人，人可以想出千百种方法来吸引别人的眼光，树只怕仅有的招式就是开花和结果。树是桂树，经过无数的栽培、杂交，成为观赏性的树木，籽儿倒是到现在都还没有结，花可就开了一茬又一茬儿，数也数不过来了。

桂是四季桂，顾名思义，它不是八月桂，不是只在每年的同一个季节开放一次，而是一年四季，都能闻见它的花香，把它比作是贫苦人家的女儿一点儿也不会觉得不合适。因为生在乡野，少了礼教和规俗的圈限，它可以尽情表现一个女孩儿的天性，虽没有华丽雍容的装扮，却多了几分天地自然陶养的灵气。大家闺秀就大不相同了，一举手一凝眉，无不是礼教与家规狞厉的影子，她从小便绕行在深宅大院之中，除非有了盛大的节日，才被应允到集市游玩或去庙里上香，一份高贵就将来者拒绝在千里之外，像八月桂，给人迷醉却为时甚短。

终有一次的新奇是从一簇一簇的小白花上面移开来了。那是一个巢。在树身众多分枝里的一枝上，由于叶子常年都是青绿浓郁的，平时也没有发现。

冷香是不怎么讨人喜欢的，它时有时无，闻见了会给人兴致，要再嗅到，可就难了，于是又总令人扫兴。寒凉的天里，只要阳光一暖和起来，人就有到屋子外面走一走的愿望，桂花这时的香味就不是冷的了，那种淡雅清新的芬芳很容易让人不由自主地向它靠近。步子是轻悄的，一路都没有声响。来到了桂树的近旁，又情不自禁地想让人拉低一枝桂花，凑到鼻子底下尽情吸上一把。倏然，一袭敏捷的身影斜掠过头顶，即刻又消失得无影无踪。待收神回过头来，蓦地便看见了那个巢。

它仿佛是绑在桂花的树权上，几根看似结实的草料紧紧地缠绕着，巢的上下还露出一小块一小块的莹白的塑料膜，边缘沾着几根轻巧的羽绒。它建在靠树梢的地方，就是踮起脚尖再把手伸直了也够不着。巢里有小雀叽叽喳喳地乱叫着，隐约还能看见一张张鹅黄的小嘴向上张着。我天生爱鸟，爱随处可见的小动物，看见这番景象才恍然大悟：原来把这一家子给惊着了！于是忍不住又多看了两眼，才又闻了闻沁雅的花香，不舍地踱回了屋子里。

想想这已是两三年前的往事，记得那之后的一段时间，这棵桂花树是着实地热闹了一阵子，除了如常的恬淡花香，又平添了许多清越的鸟鸣，隔着窗户看见无风时桂树依旧一颤一颤的，心中有说不出的和畅。

直到这些天天气又变得暖和起来。前面很长一段时间，大概一两个月是冰冷难耐的，一连下了好几场雪，双手只有整天揣在口袋里，全身上下更是裹得严严实实，可还是不敢贸然出门。如此长的时间里，愣是没有闻见曾经"登堂入室"款款而来的桂花香味。看来花儿也是怕冷的。而今又站在树前，微风摇曳着花枝，细如尘埃的花粉在柔和的阳光里清晰分明，不紧不慢地向虚空中扑去。

突然又是那么急促的一次惊掠！

一只灰色的鸟儿快速消失在了后面的竹林子里，一片白色的绒羽支撑不住似的从巢穴上回旋着飘落下来。是时才是初春，桃李杨柳都还未苏醒，迁徙的鸟儿也还没有飞回，嘈杂过后巢穴阒然无声。也许这是一只路过的麻雀，昨天夜里它来到这里偶然发现了它，它一定是在这个巢穴内忘记了所有的劳顿，直到刚才也还在沉睡，是我搅扰了它的好梦。

这不知是第几只路过的鸟儿。我之前丝毫没有察觉，愈加繁密的枝叶几乎要把巢隐藏得不露声色，似乎趁我不备，要从我的记忆中把它偷走，这只鸟儿却把一切看得险象环生，它的行动是一次伟大的突围。它从不怀疑陌生空置的巢，却总是惊惧陌生的接近的人类，巢穴里有时也埋伏着巨大的危机，人类也并不都是丑恶、凶残的。第一只鸟儿把巢筑好之后，如若不是被风雨、顽童摧毁，留得下来，就会变成一个驿站，巢没有门。当主人的儿女长大之后，它们会一起离巢而去，陌生的鸟儿落到这棵树上，假如觉得合适便会住上一晚，也许第二天就会离开。来去自如，也没有一只鸟儿会费尽心机地把它据为己有，好像这也是它们沿袭的鸟类的习俗，而今已浑然不觉。

人的一生，房屋也可算最可宝贵的东西之一，他们拼尽全力，为的就是能够把自己的房子锁住，然后愉快地把钥匙别到裤腰带上。没有哪一处的房子会没有门，让每一个路过的人能够在里面安然地度过一晚，能够让陌生人入住的房子叫宾馆或者招待所，不过每过一个晚上都要付出代价。

还是不要让这些被鸟儿知道，至少家门前的桂树上，不知道是哪一只好心的鸟儿筑起的巢穴，还是能够接纳陌生的鸟儿。我不会给它安上房门，挂上一把好锁，然后摆出柜台，去鸟类密集的地方贴上"招租"或者"住宿"，不会。只是有件事情总是让我不大自在，在桂花飘香的时节，陌生的鸟儿，我轻手轻脚地靠近，并非心怀恶意。

# 子 子

开会始终是一件无聊的事情。

地点总是那间办公室，座位也是固定的。灰色的窗帘时而拉紧，时而打开，打开的时候，可以看见外面的一排老单元楼。房顶为了装饰，建有一些梁柱，横摆或斜靠在一起，贴着颜色不一的瓷砖。正对窗口的部分，远远看去，很像一张小人的脸。眼睛直愣愣地看向这里，好像很好奇会议的内容。

办公室狭小，但总还是有点样子，主办公桌外，靠边摆着书橱，中间是茶几和简易沙发，几个人面对面坐在一起，像一家人，又全然是同事关系。茶几上有时候放着杂志或稿子，大多时候只有绿植。枯燥的办公生活，似乎只有绿色能够带来安慰。绿萝都带水，装水的玻璃瓶，就是平时喝完牛奶的瓶子，圆润小巧，很容易就冲洗干净。绿萝的根系不发达，透明的水里只有几根白色的根芽，其余的地方空空如也。

开会时看着对面人的脸，是最尴尬的，每个人都试图找到自己最舒适的动作，靠背，低头，看手机，假装记笔记，需要议论时，才会抬起头。但总有人的目光游移不定，在房间里的各个角落扫视着，轻风拂动的窗帘，桌上积蓄经年的灰尘，米色沙发的弧形把手，一小盒从未开封的普洱。

透明的瓶身被扫视了一遍又一遍，直到看见一个小黑点，在窗户反射过来的阳光前，曲直着身子，一闪而过。细看起来，却不止一只，好几个在清澈的水中无规律地浮沉。

　　会议还在继续，枯燥的内容可有可无，令人意欲逃离。瓶中的黑点似乎不想错过这些高光时刻，被一双或无数双眼睛注视。没有一只愿随着微小的重力，渐渐沉至瓶底。每一只搅动成的凌乱弧线，都透露着与自然的对抗，它们把挣扎表现得如此明显，仿佛是一部微缩的极简生活史。

　　由于距离太远（更主要的原因是它们的身形太小），它们几乎丧失了所有的外部特征，除了细瘦、黝黑。更像是被截断的蚯蚓的缩影，由于疼痛扭动身子，想要摆脱敌手，摆脱死亡的命运。

　　但它们的扭动并非疼痛造成的。它们在掠取，追逐和吞噬着水中的细菌和单细胞藻类。相对它们而言，硕大的瓶身犹如一个巨大的腹腔，它们悠游其中。充沛的水源就是营养丰富的汁液，这个亚热带的城市里的办公室，温暖适宜，无人搅扰，它们在寄宿的腹腔中生长，然后繁殖。

　　遵从生命蜕变的基因，不久之后，它们将从水里探出头来，然后舒展细小湿润的翅羽，在某个不为人知的时刻，从水面上一跃而起，变成一只令人生厌的蚊子。它们的嗡嗡声很容易让人确定它们的方位，双手一拍，或将电蚊拍轻轻挥舞过去，让一生急遽停止。

　　作为孑孓，它们看起来舒适安全，人畜无害，被水囚禁，水又被瓶身所囚禁。没有谁会刻意地注视瓶中透明的水，除非它已无法覆盖绿萝的根系，或因植物死亡，造成水体的浑浊与恶臭。但它们仍然是隐秘的，很少有眼睛，会把眼前的所见当作看见，仿若有些记忆，会被脆弱的大脑悄悄过滤。它们隐身，或被当作某种无关紧要的未知的物种，或者是水中柔软的垃圾，因为水的流动而灵活曲直，看似拥有生命。

这双无聊的眼睛始终注视着它们，在油漆的桌面反射过来的银色光线中，在圆形瓶身的放大下，它们犹如一些散落的音符，从水面沉落水底，又从水底轻轻泛起。伴随着会议令人昏昏欲睡的语音，它们赋予了这双眼睛超常的宁静。

耳畔安宁，目光潮湿，注视它们的人好像也沉入了瓶中。也许他就想潜入进去（就像每一次出神），用双手钳住它们，就像钳住一匹暴烈的海马，在另一个世界中搏斗与僵持。

# 盲　道

盲道的尽头通向虚无。

它们遍布于这个城市的大街小巷，像一条条路面的装饰带，当然是对可见者而言，对于盲人，就是一道可以信任的口令。但并非总是如此。它们在各个方向的道路上延伸，通常是蛋黄色地砖，表面有两指粗的竖条纹，在转弯或穿越路口的地方，则换成圆点状纹路。

很少有人在行走时，会始终走在盲道上。他们这样做，不是因为怕挡住视觉障碍者的道路，也不是出于内心的某种禁忌，或来自良心的谴责。只有他们在打电话的时候，会沿着这条不一样的路带往前走一段，或者停留其上，感觉脚掌的异样。总是如此，打电话的人是跳脱出周围世界的人。盲道正是凭依这种异样的触觉，为盲人引路。

这是一种怎样的触觉呢？初踩上去，它们似乎比其他地砖更高一点，脚底仿佛踩在了凸起的石头上，从平面的地方走上盲道，会有踩在脚底按摩石道上的感觉。可是只要顺着它往前走一段，就会受不了了。它并非按摩石带来的圆凸形按压的效果，而是让行走变得很费力，那些外在凸起的条纹，好像穿透了鞋底，直接按压在脚板上，条纹之间的间隙，那些凹下去的空间，也带给脚底不断的折磨。平面的条纹没有触及某个神经或穴位，没有带来刺激和缓解，让人恨不得赶紧离开，回归到正常的地面上。盲道带给正常人的是肉体的折磨。

没有视觉障碍的人，除了无意识和无聊，是不会沿着盲道向前走的。但似乎也从未看见盲人沿着它一路摸索向前。相对于拥有严重视觉障碍的庞大群体，外出可见者能用寥寥无几来形容，他们中的大多数，都是周旋在一个固定的室内场所，比如盲人按摩院，工作或者休息，在狭促的空间里活动自如。极少数能够在街面上碰到。他们通常戴着深色眼镜，手里拿一根用于探路的可伸缩盲杖，走在寻常人走的路面上，或一只手放在某个能见者的肩头，更加安心地向前走。盲道不仅被平常人忽视，也被它的受益者所抛弃了。

抛开盲道的设计初衷，从它的现状也可以清楚看见，那些执行者的敷衍了事。盲道通常被安排在人行道的一侧，很少居于正中（也许是我所见如此），是为了便于盲人行走，还是隐约流露出社会角色的主次？在个人的经验和社会新闻里，总是充斥着盲道被随意占用的例子，共享单车、电动车，甚至是花坛和围墙。两旁的绿化树随意低垂下来，忽然迎头"撞上"，也免不了一阵惊骇吧。有的还将这种独特颜色与条纹的地砖，用于地面的美化，随意铺排安放，提供了可见者的视觉趣味，失去了盲道的基本功能。更可怕的，是盲道与窨井的交合，它们就是盲人生活中真实的陷阱。

盲道被简单地铺排于城市的人行道上，孤立无援。条纹状地砖与圆点地砖的交接处，步行其上的人，如何知晓接下来的路程，是转弯还是路口，是通向公交站台还是电梯间，是红灯还是绿灯？他们只能感受到脚底的酸痛疲惫，而对眼前一无所知。完善的盲人通行系统，除了来自脚底和盲杖的触觉，还应有独特的听觉信号（这是盲道设计里的必备之物，大多数城市却并未相应提供）来补充，以及日后更加智能的辅助设备。导盲犬固然可靠，又有多少视觉严重障碍者，可以尽享其用。那个被"隐藏"在大众视野之外的庞大群体，除却身体带来的其他不便之外，还有多少人，渴望像正常人一样在户外行走、呼吸，体味阳光下的一切，却因"盲道"的不便，而被困囿室内，难以满足那颗期待的心。

每次在路上无所事事时，我就会专注地走在盲道上，感受着它带给脚掌的疼痛，以及前路的无始无终。这种疼痛，让我感觉是在替只能行走其上的人受苦，也包含着对这个设计的质疑。而前路的漫无目的，则与我融为一体，或者在某种程度上，我与它们融为一体了。

除了我，盲道上看不见一个人。它们信心十足地向前延伸，却又寂寥地铺满灰尘。它们不就是我们身体中的盲肠吗。

# 不过分的树

没有比树更本分的事物了。

它们生长在城市里，生长在大街小巷中。夏天为路人提供绿意和阴凉，秋天提供落叶，与路人合影，它们配合得那么默契，总要让人忘却。人们把一切都当作理所应当，树就应该在那儿站着，历经四季轮回，犹如店就在那儿开着，顺着脚下的路走过去，就能抵达。树因为过于本分，而成为所有风景中的一部分，成为装饰、背景，仿佛天上的流云。

没有人看出树的小心翼翼。城市里的人总是步履匆忙，接打电话，想着心事，或赶赴约会，眼睛注视着某个不断变换的虚无之处。他们在同样匆忙的人群中穿行，以防跌倒，他们会不时留意坑洼的路面。树身高大，树皮灰暗，它们奋力向上生长，就像一根根矗立在路边的柱子，积留着时光斑驳的暗影。这个城市给它们的空间不多，铺满地砖的人行道上，砌出一个个小小的正方形，将它们框限其中，比树身稍大一点点，周围裸露的泥土，早已经光滑硬实，不长草木或苔藓。可以想象，它们的根系用尽力气，不懈地向下抓取，由此它们的身躯才能不断向上生长，努力超越身边的楼房，吸收多一点的阳光。

没有人好奇它们离近地面的树身，为何不长枝叶，他们也将此视为必然。他们理解不到树的良苦用心，更不懂它们的畏怯。树的每一次变化，无不是与周围的一次妥协，长在城市中的树，它们的悄然改变，就是与人与时代的妥协，它们渴望和平相处，渴望在十字路口或幽蔽的巷子里独自生长。它们的根系，在地底探寻着房屋的根基与人类的其他痕迹，它们的枝叶，在地面小心地回避围墙、广告牌和阳台。逐渐变粗的根系总是压制自己，无法深扎下去时，才会顶起一片地砖，或者让墙体开裂，它们知道这般"暴露"的结果。它们的身体，原本应该像荒野里的同胞兄弟，尽情地生长、分蘖，根系多么宽广，枝叶也多么繁茂。可是城市里的树懂得怎样让自己生存下来。它们舍弃本能的狂放，压抑身上无数生长的芽苞，让靠近人类痕迹的一侧，留下荒凉的残缺，让不断探索的枝叶，对人类的空间秋毫无犯。它们示弱，畸形地存活其间。

面对树本能的退却，人更喜欢得寸进尺，不断讥讽，那些损毁路面墙基被伐除的树，又作何解释？他们总喜欢用这样一些极端的例子，让陈述者无以辩解。假若稍加反驳，用犯罪来暗示，所有人类都是潜在的罪犯，则会遭致十万个不愿意。但本分的树不置一言，它们用行动来宣示自己的妥协。压制、扭折、枯死，它们以对自身的暴行，换取生命的立锥之地。他们把树的生长茂密视为树木与植物的趋光性，是本能让它们在开放无阻碍的一侧，不断延展。很少有人发现，它们的扭曲与枯死，都是朝向人类活动的一面。

假如你正好走在一条种满树的路上，假如你无所事事，就可以看看掠过头顶的那些树，是不是朝向路中间的那侧，枝叶生长更自然，不受拘束。而靠着店铺的那边，枝干扭结更多，甚至挣脱了墙体的束缚之后，也可以从那些伸展的枝干间看出，它们怯懦得近乎病态，在空荡之处仍然弯折自己，害怕有丁点冒犯。它们已然在广阔的空间里，感受到一种无形的约束，它深入了它们的茎髓。

也许你看见之后，会忽然停下脚步，眼睛一热，眼眶就潮湿起来，低头继续向前。也许你仍旧无动于衷。

# 寻找海子的阳光

看着天空微亮，阳光映照在高楼之上，一片金黄，忽然想起几年前的深秋，去海子故居，在开往黎明的火车上，窗外的站台也是一片灿烂。

阳光铺洒在铁道一侧的矮围墙上，颜色均匀，宛若香美的鹅蛋黄。就要入冬，安徽的黄土地上，都结了白白的一层硬霜，池塘的水面下，像有一把火在煮着，白雾腾地往上蹿，有的大团大团像云朵，缓缓漫过的地方，都要被它遮挡得严严实实。有的一缕一缕，笔直地立在水面上，远远望去，不禁会想到"大漠孤烟直"的诗句。虽然火车撞击铁轨的声音不时响起，落在道旁的鸟雀都扑翅飞逃，可是它们就宛如舞池里的舞者，醉心于内心美妙的乐章，等待着，随时舞动起自己纤细灵动的身体。

我们哈着热气，晚上十一点半从学校出发，在冷风中挤上午夜十二点的火车，在封闭的车厢中找到位子，伴随着夜梦里均匀的"咔哒——"声，一觉睡到天亮。睁开眼已经到安庆了。从车站出来又冷又饿，清早的太阳，照在车站下面一条尚未醒来的大街上，让原本有些破旧的地方，瞬间变成了一条金光大道。

借着买早点的当儿，我们走进仅有的两家开门的店铺，买了东西之后，就向老板打听，怎么去怀宁县高河镇查家湾。

从火车站出口一路尾随着我们的几个出租车司机，听到我们打听这个地方之后，其中一个高声说：去海子家啊，喏，海子他弟就在这儿。一大堆人挤在店门前，人影摇动，阳光斜射过来，仿佛碰到了一堵硬墙似的，平滑明亮的光线碎了一地，又被不同的脚轮番踩踏，一块块光斑在地上闪烁不定。起先我们都不相信，怎么会这么巧？我们决定来时，还不敢确定有从安庆去往高河镇的车，怎么刚从安庆火车站出来，就遇到了一个从查家湾来的人，而且就是海子的兄弟？没有搭到客的司机，都把我们围在中间，簇拥着这个认识海子弟弟的司机，然后向着他涌去。

他似乎也有哥哥的习性，有些不喜欢热闹，他没有像其他司机一样围着我们团团转，而是独自一个人，在路的那边侍弄着车子，我们走到他面前，那个司机说：查曙明，这几个学生要去你家里。他回过头来，我一眼就"认出"了他。

阳光在他擦拭得油光闪亮的汽车身上流动，反射到眼睛里，是那种带着金属光泽的银灰色，有着钢铁坚实的质感。海子若不自戕，到这个年龄，应该也是这个样子吧？黄色而略微黝黑的皮肤，圆的脸，几根粗线条稍微勾勒，就有了他那略为沉郁的眼神和宽厚的额，头发略微翻着波浪，身上穿着一身西装，似乎天然有了一份艺术家的风范。我周围的寒冷一扫而光，和朋友对上一眼，就立刻商量搭车的事宜。

汽车从火车站开了出去，转过几个路口，就慢慢驶上了乡村所特有的小公路，两边都是麦子收割之后的荒凉田野，有的田里还有棉花，有人家的地方路旁会种上一些树，在高低不平的丘陵上穿行，就一段空旷，一段茂密。坐在汽车的后座上，就听他说起了家常。

他是海子最大的弟弟，他的三弟在西安，四弟在深圳，他原本也出了远门，只是念到父母年事已高，家里没有人照顾，就回到家照顾他们，他在家的工作就是跑出租，前两年买了一辆二手车，在火车站和老家两地来回拉客。他也不很健谈，在短暂的叙说和片刻的沉默之后，他已经把车开进了自家的小院子里。

院子也确实是小，地上铺了水泥，大门两边种着几棵柚子树，一边一株红色的木槿花。这个时间尚早，没有一丝微风，花影树影印在地上，犹如昨夜尚未涸干的雨迹。这是南方乡下特有的小庭院，木质大门，又高又大，门口砌着石凳，进门是一个大客厅，墙上供奉的是祖辈挂像，屋子中间有张桌子，房子两边各有两个卧室，进门右手是海子父母的起居室。我们一到，查先生就将两位老人扶了出来，他们都显出了老态，父亲高瘦，还穿着质朴对称的中山装，老母亲头发已经花白，后背微驼，目光和善，胸前垂了一串五颜六色的珠子，看见我们微微笑了起来。正是要吃早饭的时候，他们也热情邀请我们入席，我们推说已经吃过，又问候了他们，就纷纷走进海子书屋。

早晨的阳光透过木窗户照射进来，最先把窗前桌子上的黑白电视机照得发亮，还有桌子上的镜子、书、练习本，在明澈的晨光中都显得异常肃穆，些微的尘埃在阳光下飞舞，又为这个空间渲染了几分宁静。窗子对面墙边的书柜，是阳光越窗而入所能到达的最深处，它最开始碰到柜子的底面，接着一点点往上涨，不多时已经没到了我们胸前。隔着一层玻璃，阳光铺在整齐摆放的书脊上，让这些书变得非常耀眼，看着它一动不动地紧紧照着，竟有些不忍心从前面经过而把阳光遮住了。

靠窗一面的墙角也有一个书柜，因为背阴，黯淡了很多，屋子里摆着一张木床，枕头依然放着，被子仍然铺着，我们像是擅自闯入了一个陌生人的卧室，不敢发出一点声音。害怕稍有一点声响，屋子的主人就会叫嚷着走进来，把我们全部抓住。进门靠左的墙边有一排玻璃展柜，里面存放着海子不同版本的诗集，相关的纪念文章和论著，以及所获的奖杯，墙上挂着各色人等为海子题的字，炭黑的字映衬着雪白的墙壁，相对无言。中间桌子上有一本留念册，查先生说可以纪念一下，我们翻开了它，在一页干净的纸上，各自写下自己的名字。

我们实在不好在这个家里，逗留太长的时间，这一家人都还没有吃早饭呢。我们走了出来，在"海子故居"的门匾下，请查先生为我们拍了一张照片。接着他又把我们送去海子墓地，因为人多，就分了两次，我和几个朋友先到，他在路边为我们大概指了指墓地的方位，便又倒车，去接剩下的几个人了。

太阳又升高了一些，我们的影子变短了一点，田地里仍然弥漫着轻微的雾气。麦地荒凉，野草长及膝盖，我们顺着一条沙石小路向里走，不多时钻进了一片松树林，出来之后还不见墓地。正在踌躇时，迎面走来一位牵牛的汉子，我们一打听才知道迷路了，又顺着来路返回。在来时没有留意的松树林间，我们看见了一具具棺材，用几块砖架起，在一个个的小棚子里摆着，棚子上盖着瓦片遮雨。我即刻在心底抖了一下，忽然感觉到死亡与我这般亲近！松针茂密，太阳使尽力气，还是只能在潮湿的土地上，留下轻浅细碎的影子。松涛响了起来，原本不冷的身体，又有些抵不住寒风的侵袭。

等到我们从里面退出来，后来的几个同伴，已经在野地的某处向我们招手，看来他们比我们先到了。地上的茅草都是一些耐寒植物，这个时候仍然矗立在田野上，枝叶硬朗，碰到时只是轻轻地晃动一下，随即又变回原来的模样。查先生也来到墓地，简单收拾了一下，我看着那一小堆圆坟，上面添了些新土，然而还是长出了一丛丛的野草。坟周围都用石头砌起，他那块从西藏带回来的大石头，就砌在坟前，石上刻了些字，但终究没有认清。墓前头立了一块石碑，便是他的墓碑，只是把这块碑和墓碑后面那么一小方圆冢同时收在眼里，心中就涌起了无限苍凉！那个歌颂麦地和太阳的诗人，那个大地和天空的儿子，在诗里是那么伟貌高大，万人膜拜的君王，身后竟是这样一座坟冢收起枯骨。在秋日的白雾和露水中缓缓苏醒，静看太阳高高在上的照耀，偶尔听一段被风吹来的松涛喧响，又看夕阳西下，坟头的野草随风起伏，乌鸦厉叫着飞过天空之后，黑暗在墓前缓缓降落……

几声炮仗仍然回响在耳畔，香烛的烟雾融入天空的流云，查先生把我们送到高河镇，又为我们拦下了一辆班车。阳光已经把山野间的雾气都扫干净了，似乎也把拦截着它的冰块全部融化，它汹涌在大地的各个角落，我坐在车上，身上已经冒汗了。

# 黑　犬

　　房子挨着江，每天出了小区侧门，要穿过一个歪扭的十字路口，去一公里外的地铁站乘车上班，重卡接二连三横冲直撞，路口处有一家卖五金顺便修车的铺子。和拐角的垃圾回收站一样，店面不事装修，被粉尘淹没，一片灰暗，往日经过，都不会抬头看一眼。前段日子，店主不知道从哪里买回一条小黑犬，不管开门闭店，没日没夜地叫，像是苦大仇深，或有誓死不从的气性，由不得听不见看不见。

　　那是一条油光乌亮的黑犬，甚至眼睛都没有一点眼白。体型偏瘦，四肢细长，看着有两三个月大了。它被一根不相称的粗重的铁链拴住，有时候拴在路口的电线杆下，更多时候拴在老板很少开的电动三轮车旁。路面还没整修那会儿，电线杆周围生长着很多杂草，爱叫的黑犬对着路过的人和车狂吠，人或车走近了，它就混进杂草丛中，继续吠叫。没过几天路面全部封了柏油，和它的毛色一般乌黑，它反而收敛不少，远远吠着，声响近了就绕到电线杆另一头躲避，声响过去了再叫。拴在电动三轮车旁时也一样。吠的时候蹿上驾驶座，脚踩挡泥板，雄赳赳气昂昂，躲的时候钻进车轮下，含着的声音在喉咙里滚动，弯下腰才能看着。

　　看过了一段时间，才发觉它不仅是对着过往的人和车吠，还对着主人一家子叫。应该说，它被拴在这家人门口的最初几天，它都是对着主人吠叫的。大约那时候心里还有恨意，强行让它脱离了母亲的怀抱，或许也有恐惧，被捉了过来，不让它随意跑动，反而紧紧拴着，怕是不久就要被剥皮食肉，这里有杀狗的传统。一段时间无事后，它似乎变得愈加挑剔和暴躁，对周围的一切不满，除了来来往往的行人车辆，还有空空如也的食盆，以及无时无刻不垂拉着脖颈的铁链。多动与狂吠让它时常饥饿，拴住身体无法跑动，让过剩的精力无处释放，或许黑犬天生就有独异于其他犬只之处，更偏向于神秘的一端？它小小的身躯，让那一小个角落随着它的叫声无限放大，推压着周围的一切，像一个令人胆怵的雷区。

我喜欢狗，上班从它身边经过，总会被它的叫声吸引，但我不敢掉以轻心。它的皮毛那么漆黑透亮，它的声音那么洪亮尖利，它的动作那么迅捷灵活，它的眼神那么捉摸不定，我生怕它突然就窜过来，在我腿上咬一口。这种担忧从来没有发生。每次走过，它嗷叫着试图冲上前来嗅闻，都被铁链拉着，我保持在它的攻击范围之外。我不害怕接近，可我也并不确定它不会伤害我。

有段日子我起得更早，刚好逢上老板开门，看见它和几只鸡一起，关在窄小的铁笼里，被主人提溜到外面。鸡笼放在门口，喂水喂食，这是它们惯常放置的地方。主人拿起一个铁链，一头拴在它脖子上的项圈上，一头拴在门口的电动三轮车旁，然后开始一天的营生。关在笼子里的它也还是凶恶的，不断尖叫，不知道是在笼子里憋屈了太久，还是急于脱身，在笼外活动一下筋骨，可放出来了还是叫。没有听过店家呵斥，也没见过他们动手，仿佛被拴住的狗就应该叫着，这种震耳欲聋的叫声，对他们来说近似于无。

我仍是习惯从那里经过，每次都会找找它在哪里，有时看见它窝在柏油路面，有时在电动三轮车驾驶座上昂首观望，有时又在笼里。直到有一天我摸黑往回走，看见它在地上找食吃，不锈钢食盆锃光瓦亮的，它只好转头舔舐涮洗锅碗处泛着油光的积水，无精打采，没有看我一眼。我才忽然想起来，它已经有一段时间没有吠叫了。

# 地铁里的中年人

从地铁一号线下来，在火车站换乘二号线去培训地，看见他的背影。想过去打个招呼，还没走上两步，就发觉并非认识的人。

轻快的脚步瞬间就慢了下来。车还没来，并不急着过去和他并排站在一起，相比于时不时转头过去，从后面尽情打量，似乎没有那么冒犯。

他真的很像一个同事，穿正式着装，西裤和细条纹衬衫，脚下是皮鞋，头发三七开带着自然卷，戴眼镜，大脸庞。这些特征都符合。走进了才发现，他的身形要矮壮一些，肤色更为黝黑，同事个子更高，皮肤白净。他有着和同事几乎一模一样的唇形，笑起来也差不多吧。

只是他眉头紧锁，看着手机屏幕，并没有被上面的内容逗笑。其实不用走上前就能看见，他比同事更油腻，三七开的发型暴露了一切，头发稀疏，已经有了谢顶的迹象。

他背着帆布包，斜挎一个摄影包，隔挡玻璃前还放有一个塑料袋，细看是七八个大青芒。一定是提累了，他不时甩一甩拿着手机的手，手机时不时换到另一个手上。他很少抬头，抬头只是为了看还有多久列车进站，偶尔才会瞥下周围。他的皮鞋很旧了，泛着微弱暗哑的光，鞋面已经被脚撑得很大。

除了玩手机，他就垂着头，好像也要放松一下脖颈。但更像是有心事。他低头站在那里的样子，两腿张开，双手十指相扣自然放在身前，犹如默哀。他也许能从隔挡玻璃上看见自己的影子，也许距离太近了，看不真切。

列车终于进站了，距离的优势，让他很快进到车厢，并在车门处找到位子坐下来。可能他真的太累了，坐下来后，青芒被推进了座位底下，他把背包从背后转移到了胸前抱着，然后把头抵在背包上，摄影包仍是斜挎，包上有个口袋豁着口，拉链不知道何时掉了。

从他的行头看，应该是刚出差回来，背包里的是日用行李，摄影包是他的额外工作。这个地方就是如此，每个人都必须身兼数职，懂各种器械，一个人掰成几个用，各个岗位都要顶上，美其名曰锻炼综合能力。

很大可能是，他在公职单位任职，被这样的工作折磨得疲惫不堪。他或许只想安静地做一件事，兢兢业业将它做得更好，但并没有哪个岗位如此单纯，允许他不厌其烦地做下去。他也许想到了辞职，不做了，另外找个随心所欲的工作。但哪里才有随心所欲的工作呢？况且家里上有老，下有小，妻子在商场或流水线上，属于两个人的亲密时间都没有，为了这个家，各自奔忙。他是家里的顶梁柱，再苦再累都要忍住，身心的疲累模样，留给与己无关的陌生人就好。

大青芒至少有十几斤重，或许是从出差地带回来的。每次出差，他都会带回一些小东西，纪念品或衣食之物，抚慰家人。这早已成为约定俗成的习惯，每个出差的男人必不可忘。这些青芒是他的爱意与温暖，也是他妥协的证明。

列车轰然向前，他忽然抬起头看看前面。他或许刚做了个梦，梦见他坐过站了，惊醒过来才发现并非如此。他摸索着从裤袋里掏出手机，是最普通那种，屏幕上的贴膜破碎，边角缺了不少。有几条未读信息，都是群消息，他浏览了一下就熄屏放入口袋。他不再将头抵在背包上，眼睛无神地向前睁着，看来快到站了。

我最初站在他的身后，与他一同等候二号线的车，然后又站在他面前，装作若无其事地左右观望，最后游离其中。他下车后很久，我才缓过神来，急切地想要记起那个站点，苦求不得，也许就是我回家的那个吧。

# 青色花瓣

冬日已不甚有热烈的骄阳。喝退满天的云彩，激射万丈光芒，更多的是幽幽冷风，扬起地面上的沙土，鬼魅般，在密林间闪现，黑色的衣角拂动凝滞的绿叶。

离开房子往外走的那个拐角，铺着红黄地砖的小路沿下，一个沙坑的旁边，生着一棵六七米高的泡桐。三年前初次住进这里，它还未高出路面半米，不日的走动已惊讶于它生命迸发的张力。时间弹指一挥，此时要得其全貌，就得抬起头来观望了。

这里富足的养分填充进它的每一个愿望，枝干繁茂粗壮，掌叶肥绿厚大。然而似乎正是因此，招致了一场凄凉的搏杀。

四周只有低矮的香樟，和只剩下枝丫的银杏，两旁的楼房像是窄窄的堤，当一阵风灌进来的时候，拥挤、凌乱而且快速，这个高差便使它有些无助，无依无靠。风来了，不是规矩地像香樟一样站成一排，它像是树林里的一个野孩子，生长在一个从未被想到过的角落，不能参加游戏，难道这就是它孤单的开始吗？风雨由它抵挡，却无法融进一个可以栖身的家，而只能独自迎对这咆哮的狂风，任它撕落那肥绿厚大的掌叶。

狂风的脾气平静下来，行人也放慢了脚步，把盖在头上的帽子掀下来，三三两两地碎语闲谈着那风，从树底下来回地走过。要不是一面蒲扇般大的绿叶盖住了一块地砖，也许它此时是哪般模样，并不会惹来别人的好奇。树木落叶各有形状，比如香樟，必定是成了黄褐色，踏上去便要枯碎才肯离开枝头；又如银杏，哪阵轻风把它们煽得金黄，然后在下一阵风吹拂而过的时候，就如片片翻飞的蝴蝶，齐刷刷一起飞走。可它们都染上了黄色，似乎它们的凋零是在向人们透露：我们完整地走过了春夏秋，即使在冬风中被掠走，也感到欣慰。人们随口而出的"一叶落而知天下秋"，那一叶想必也定是黄色的。它们从风中飘落地面，哗哗地被风的扫帚扫进某个隐蔽的角落，好像有意避开路人的目光，情愿卑微在某处寂然地消亡。

泡桐的落叶真是让人惊心动魄！

贴地的风无力将那硕大的叶子搬运，枝头的风将它们撕下之后，跌在了哪个地方，就不大动了，偶尔能听到一片两片被推动的声音，是那种粗重嘶哑的摩擦声。使人骇然的是落叶的青绿！它们有的完整地平摊在地面，有的被扯开了口子，可是清一色的，都是自然舒张开来，没有卷曲、褶皱、枯萎。突然地惊现这幅场景，就仿佛路过某户人家，箱翻柜倒，满地狼藉，在飘荡的破丝帐中，仍旧能看见一伙暴徒劫掠的图影，这棵树莫非也是遭遇了暴徒？

它的枝条上没有果实，嚣张的暴徒为何要抡起无形却有力的手，把它击打，让原本在枝头舞魅的绿叶摔到地面？这也许是它的骄傲，它可以用来招引鸟儿栖落枝头玩耍，可以拍出声响为看见的精彩鼓掌，可以在烈日下让行人折去遮阳。它或许正是个孩子，有些天真和贪玩，然而却寻不到要好的玩伴。它的飘飞不像"跨越委顿和衰老，由青春而死亡，由美丽而消遁"的盛期牡丹的凋零，但它在狂风中隐藏的哭泣，在冰冷地面上挣扎的伤口，却无时不痛彻路人的心！仿佛那许许多多的愿望，瞬间破碎、湮灭，倔强的男儿淌下滚烫的泪滴……

这惆怅与愤懑，抛洒得火烈而彻底，这流离与委屈，宣泄得断肠又催情，我们的惆怅与愤懑怎么倾诉，我们的流离与委屈怎么消解……人生的浪涛何其汹涌，又岂独风雨残酷！

还有大片的掌叶如缀补丁，零散地贴在枝头，看看香樟，看看银杏，它们的幸免似乎多余。枝头略微向着一边弯曲，旁若无人地陈列着挣扎后松弛的筋皮。

狂风过后，难道这是胜利者的雄姿？

辑

四

# 绿萝为什么活着

对一个不善侍弄花草，又不愿意让生活显得单调和死气沉沉的人来说，绿萝无疑是一个很好的选择。

一个人什么时候会觉察到，自己的生活逐渐变得单调和死气沉沉了呢？我不知道。我只知道，当我意识到自己的生活太过沉闷，需要有一些东西弥补和点缀，正是我独身在外，无依无傍的时候。

我小心地使用着这些词语，弥补，和点缀。是的，一个孤身去到另外一个城市工作与生活的人，总是有那么一段时间，会感觉自己的生活破漏百出，就像一个椭长形的气泡，颜色缓慢消失变得透明之后，它便无声地破裂，我所需要的就是这样的弥补，似乎无边无尽，只能从头再来。当我离开从前那个更为优渥，也更为成形惬意的居所，努力在异乡陌生的角落里安放身体与梦想时，没有人和我说话，也没有人为我稍加布置，只有自己在墙上拼贴的色彩，以及为了打破沉默，刻意制造的声音，音乐或是刺耳的响动，是的，我需要这样的点缀。

这些曲折幽微的叙述，隐约将我人生中的一段旅途表达出来。那时我刚从前一个单位离职，坐着二十多个小时的火车，来到这个城市。这个城市我并不陌生，过去有三年时光，我在另一个城区读书，那是真正的读书时光。我曾对身边的朋友说，大学毕业后我才懂得如何读书，在那额外多出来的几年校园时光里，我过着比大学更为单调的生活，像一条水蛭吸附在了皮肤上一样，入迷地吸附着书本里的东西。然而这个城市我又是陌生的，因为除了校园和周边的几段街市，我对外面的生活一无所知。

我试图在这个城区的坐标上找到自己的支点，首先便是漫长的等待，这个城市用另一种我所不熟悉的眼光，审视着我的过往，也揣测着我可能的未来。然而我并不特别在意，我必须为自己找到一个可以蜗居的地方，当初新单位或隐或显，关于单身宿舍的暗示并未兑现。我把不多的行李留在寄宿的宾馆，在一种与己无关的喧嚣中，穿梭于附近的城中村，那些密集挤挨的楼房，支流般从各处涌现又合并成粗粗一捆的线路，还有那些或迷茫或疲惫的表情，这些天在我的眼里进进出出。当我反身于高楼大厦间，东张西望时，忽然觉察出不适应，原来我已自动将自己归类到那些稠密如蚁堆的王国中了。

经过数天的搜寻，我终于在离新单位不远，一个十字路口地带的城中村，找到了一个一楼的房间。当时女房东还在铁门后午休，当我打通电话，踟蹰徘徊间，看见她已经把门打开了。现在回想起来，我大概是被房间里的荧光灯欺骗的，它乳白色的光线，如清澈的水般铺展在青灰的地板上，就连一块洇出水来的地方都接受了，没几分钟我就支付了两百块钱的定金，回到宾馆将行李收拾好，退房，那个午间我就搬进了一楼的房间里。

生活成本一下子从一天过百减下来，顿时内心感到了久违的欣悦。东西还未收拾，我先在附近的超市里买来一些必备的生活用品，还有擦洗工具，第一次将整个地板擦洗了一遍，然后铺床，摆放用品，接着躺在床上长长舒了一口气。毕业两年，即将开始第二份工作，我的心里有了一种比之前更为踏实的感觉，始终认为，漂泊不会有所成就，只有在一件事情上安定下来，才能够有所作为。这种安定是我在第一份工作时所没有的。尽管那份也是我的理想工作，而且宿舍是距单位不远的一个小区，建筑都是低层，别墅性质，三楼的阳光很好，一套房子只住了两个人，还有一个房间空着。但我却并没有试图布置生活的任何冲动。那时的室友养鱼养花，而且欣欣向荣，我跟风似的买过小盆的多肉，终究因为无心侍弄而只剩下泥盆和罐子。

在这个十字路口附近的城中村住下的第一天晚上，我就来到了附近的夜市，在一个小小的盆栽店里买了鱼缸和铜钱草，几天后去稍远的旧书市场，在那边买回绿萝和薄荷，原本阴暗的屋子，由于它们的到来有了些许生气。薄荷没多久就开始黄叶，之后慢慢死株，我在天气好的时候，也会将它从房间里移出来，浇水和晒晒太阳，但它还是逐渐枯黄黯淡，然后全盆覆灭。比薄荷早买回来的铜钱草在鱼缸里活了更久的时间，后来也因为没有了养分，一株一株叶子枯萎下来，从最初绿油油的一大盆，到后来东倒西伏、三三两两的样子，有些心疼。感悟伤怀是人之常情，尤其在异乡独居时，整个世界都是陌生的和他者的，只有眼前细小盎然的植物，仿佛才是自己盈手可握的幸福。相对于静止的死，在草间根系里游动的小鱼，又给这一盆景观带来一丝艳丽的生机。鱼是斑马鱼，身形细小，脊背鲜红，我想它拥有这个名字，与斑马唯一相似的便是迅速敏捷。它们游荡于根茎间如入奇异之境，即使没有喂食，它们也依然鲜活无比。然而铜钱草全部枯死后，它们在空荡荡的水缸里反而没有了从前的情趣，变得有些痴愣，开始依靠投喂鱼食过活，自此以后，鱼缸里的鱼不时增减，似乎没有一只长久地活下来。

与薄荷和铜钱草，乃至和鱼不同的是，最开始买回来的那盆绿萝，在那个轻便的塑料盆里，却越长越旺盛，起初脆生生往上长，后来茎腰软了，逐渐往周围斜生，最早还能看到青白色的盆面，后来几乎被它遮蔽，只留下忽隐忽现的盆底。绿萝的绿，是一种如绿宝石般纯净的绿，在太阳下洒上水，周围一片明晃晃起来，不由自主给我一种愉悦的感觉，心底深处，便渴望着那一瞬间不要终结。

这并不是一次成功的尝试，然而也并非一次完全失败的努力。之前欠缺的关于养护鱼儿和绿植的经验和知识，在我渴求改变生活境遇之时，仍旧在粉碎我的激情，隐隐也束缚着我继续尝试的动力。所有失败都是令人颓丧的，尤其是触及死亡的失败，孤独敏感的人总是会不自觉将这种死亡放大，将不同于热血动物的冷血动物的死，以及作为植物的生命体征的失去，作为自己冷酷无情的罪证，然后任由满满的罪恶感将自己填充，仿佛他就是着迷于这样一种罪恶感所带来的忏悔心绪，如同吸食毒品般的快感与绝望。这或许是自作多情的放大，当我们无所依托，无以倾诉时，总是会不由自主地将某些东西放大，以自我舔舐的怜悯之心，完成一次自我救赎的仪式。

但终归还是绿萝给了我残存的勇气，让我得以缓慢修复。并在后来的日子里，敢于更直面一些细小的死亡，也许是一株绿植，也许是一条小鱼，我曾真正为它付出，将它牵挂，它的离开，是带着我的付出与牵挂离开的，这足以告慰它们细小的灵魂，也足以告慰我的心。当我试图与他者建立起一种新的联系，可以说，这种关系的最初模拟，就是从与动植物的相处中开始的，是它们教会了我，如何在彼此的交往中用心感受和付出，如何赋予这段交往以事理之外的情意，柔软但直抵人心。

至此，在侍弄房间里的各项东西时，我的注意力开始更多地分给绿萝，于我而言，这是一种自然而然的选择。房间里的水消失又涸现，在一楼的房间住到八月底，房东说二楼新近空出来一个房间，她已经挂出招租的牌子，只是价格比一楼要贵一百块钱，倘若我有意向搬上去，她便把牌子撤下来。在这个热带的南方城市，一楼的潮湿以及蚊虫鼠类，只要一个人体验过，即使多花一些钱，他也要决然搬离那里。就像第一次，上楼看过那个房间，我并决定从楼下搬上来，租金比原本索要的每个月少二十五块钱。楼下的衣物用品搬上来后，我又把绿萝带上来了。

此时的绿萝就像兀自从时间之水中逸出，在另一个时空里存活。我把它放在狭长阳台，一个黑色的坏座椅上，给它浇水，我仿佛看见我浇下了多少水，它就长出了多长，好像就是那么一下子，它已经分离出无数个自己，挺立着柔弱的茎枝，往四面八方微微探着头了。

我开始收集日常用过的大号纯净水瓶，沿着开口往下一点的地方，用剪刀剪开来，又灌满水，接着将绿萝的枝条一枝枝剪下，分别插进那一排塑料水瓶中。那段时间我几次出差，等我终于回来，去阳台上晾晒毛巾和衣物，无意间看见那些水瓶的颜色有了些许变化，而在那些原本剪下的枝条上，已经长出了数条长白的根系，在水里一动不动，就像根植于泥土中一样。又过了些日子，那一排水盆里抽出不少新的叶子，原本短短的枝条已经抽长不少，在一些茎叶交接的地方，好像又要分蘖了。

绿萝奇异的成长与繁殖能力，总是让我感到讶异。为何一点点蓬松的泥土，一捧透明的水，就能够为它提供足够生存的能量，它仿佛才是世上最厉害的点石成金的能手，它从阳光、空气和水中提取自己需要的一切，就像从无中抓住有，从无用的东西里抓住有用的，带给自己一种显而易见的成长。它需要的那么少，但奉献出来的未必不多，它除了自己掉落的叶子，不产生任何的废弃物，它仿佛唯一占据的，便是它那逐渐庞大的身形，它没有脚，但丝毫不妨碍它蔓延，它没有手，也丝毫不会妨碍它抓取，它又需要抓取什么呢。

我有时候也在它面前感到惭愧，我的生活需要那么多的东西才能够支撑起来。我知晓这一切只是生存方式的不同，然而生活里那些日积月累的东西，那套为了做饭而添置的厨具，那张为了用餐方便而添加的桌子，以及日常更换的衣服，为衣服添置的衣架和衣柜，甚至还有两个防潮的储物箱，为了满足心灵的需要，各个地方逐渐堆起的书本。稍稍观望，就看见了那么多身外之物，还有一些细碎的烦琐的，尤其是为了满足肚腹的需要，消耗食物而产生的垃圾，比如纸张和塑料，一些正迅速消耗以及难以消耗的东西，无不暴露出人类那种掠夺的本性，这种自认为是大自然主宰的高傲行径，其实也折磨着我。

在我眼里，绿萝展现出了一种真正的无欲无求，它让我感到羞惭，但又满怀崇敬。它每天都看似如此，但每次看起来又总是充满生机，好像没有什么能够将它打败，哪怕你将它斩得体无完肤，只要有一点水，一点泥土，它似乎就能活过来，然后以数倍于之前的个体，向你炫耀生的无可战胜。这也许是我的过度揣测，但它确定是一种精神无疑。

装满水的大号塑料瓶并排在我的阳台上，每一个瓶子里都有一株长出根系的绿萝，叶子的颜色由浅入深，在微风中轻轻抖动着。直到有一天，我将许多衣服和被单枕套洗晒出来，发现它们在阳台上有些碍手碍脚，才忽然意识到，它们看似安稳无所求，也是在默默地向我索求着。当它们看似好奇地向外探出身子，其实就是一种有所求的暗示，那一小块轻薄的泥土已经无法承载它们蓬勃的生命力了，它们需要一块新的土壤，或者一片新的水域，让它们扎根下去，然后再分蘖、繁殖。我被它们那一种奇异的生命热情所吸引，不知不觉替它们完成了迁徙，为它们提供了新的生存领地。

当它点缀我的生活，为我带来愉悦和陪伴时，我也不自觉地改善着它的生存环境。一切多么相似，从一楼到二楼，我获得了踏实和舒适一些的生活，它们也摆脱出了那小坯泥土，有了更充足的场域，能够向着更广阔处蔓延。

然而我的生活也将如它所是吗？从一小块地方挣扎出来，利用一切机遇，为自己获得更大的平台和空间，当稳定下来时，再继续向外拓展，无限占有和繁殖，将自己的价值最大程度地展现出来。也许就是如此，这是所有生物共同的生存法则和定律，仿佛也正体现了物竞天择适者生存之意。但我更想将它看成是混沌之初天地未开时的境遇，人群只有依靠数量的繁殖来增加群体存活下去的概率，到了现代社会，人生价值的实现有了诸多的方式，已经不再需要单纯依托群体的繁殖加以体现，至少有前人已经歌颂过"生命诚可贵，爱情价更高，若为自由故，二者皆可抛"的意志和理想，这可以看作是一个新的开端。

我的生活中，那些有意或无意汇聚在一起的东西越来越多，仿佛我的占有欲也越来越多了。我甚至想要有一个大房子，能够将我所有喜欢的书都放进去，每天醒来时可以看见，每晚在书本的奇境中安然睡去。我梦想着自己有一天，也能够写就一首成功的诗，一篇成功的散文或小说，值得一读再读，值得流传下去。我甚至想到爱情，它尚未让我焦虑和痛楚，如果能够与喜欢的人走下去，拥有一个女儿，那就是世上最幸福的事……

我似乎很清楚自己活着的愿望，但也逐渐感受到路途中的艰辛和痛楚。人生终究是一种阶段性的东西，也许当我历经挫折时，曾经向往的一切，在新的我看来将一文不值也未必，就像我某段时间很反感鱼腩，在后来的某个阶段，我又总在吃鱼时，将鱼腩挑拣到自己的碗里，而现在，我又对它失去了兴趣。在某个时段，我们需要给自己一个想往，哪怕这个想往在彼时看来，非如此不可，让我们为它充满期待和忍受折磨，去体味其中的兴奋和失落，也许在不久的将来，你会发现当初的想往多么无知和可笑，你会唾弃当时的自己。但这又何尝不可呢，当你发现当初渴望得到的人与物，如今散落在别处，内心也不起波澜，这何尝不是又一种成熟和领悟。我们也许会失去很多，也许最后一无所有，倘若我们的内心是丰富的，我们又何须在乎那些身外之物。

逸出当下的超然时常会给我抚慰，在有的人眼里，它反而是让我离现实生活越来越远，但这还是"人"的观点，绿萝却并不如此。你只要给它一点水，只要给它一抔土，它就能长出发达的根系，在土里或水里摸索，它只会逸出时间之外，不断地分蘖和繁殖。

# 猫咪为什么活着

猫咪和猫咪不同，这是毋庸置疑的。

猫咪的种类也异常多，但可以归成两类：已经驯化的家猫和未经驯化的野猫。但也有极个别情况，比如家猫未经过彻底驯化，接近人但不完全依附于人，而野猫在成为野猫之前，一直作为家猫而存在。

以前在乡下老家，在那些草木纠缠无处下足之处，偶尔会碰到几只野猫，它们以极快的速度，从我们身前几米远的地方一窜而过，在我们尚未发现时，隐约的身影已经消失在别处的蒿草里。它们或许是村中某户人家的猫生下的，不然不会这样，躲藏在人群居住地附近，隔着若有若无的距离。

我还记得当时村里"引进"第一只猫咪的情形。

那个时候，村里刚刚从种油菜花吃菜籽油，逐渐转变成种花生吃花生油。春天里那一望无际金黄盎然的景象，仿佛一夜之间不见了踪影，而每家每户也犹如一夕之间，阁楼上和储藏室除了堆着稻谷外，还堆着用蛇皮袋装着的花生。

那个时候大家都爱吃花生，不知道是吃的东西少，还是花生确实有些让人着迷。最常见的吃法，就是从地里拔出来时，拍掉壳上的泥，直接剥开来吃，这个时候的花生还保留着未经暴晒生甜多汁的味道，池塘里漂浮着的野棱角尝起来和它差不多，但滋味要淡薄一些。大部分人家里，除了生吃外，还要给自家的孩子再弄一种口味，母亲们摘下一些花生在水井边洗干净，然后倒进锅里，加满水和甘草八角几种大料，稍微撒点盐盖上锅盖煮一段时间，香味四溢的煮花生就做好了。通常这种做法的花生不经放，有的人家为了多放些日子，花生煮好后就拿出去晒干，会这样做的人家，多半是因为家里孩子少，不然煮一锅怎么够吃呢。另外一种做法，就要等到年关将近的时候，把放在家里几个月的花生拿出来，在锅里炒上一罐沙子，然后开始炒花生。沙子不知道是翻炒多次还是其他缘故，已经全部黑黢黢油亮亮的，每家每户都有，一年到头就用一次，其他时候就在粗陶罐里装着，放在哪个不起眼的角落里。用沙子炒过的花生很香，只要在客厅里剥开嚼上一颗，不多久整个屋子都是炒花生的味道了。

花生不仅人爱吃，老鼠也爱。当花生从地里拔出来后，老鼠在家里的活动就开始频繁起来，白天偶尔可以看见它们乱窜，晚上就更了不得，窸窸窣窣的声音从天黑响到天明，早上起来一看，每一扎花生旁，几乎都有一堆咬碎的花生壳，有的花生咬烂了皮就弃之不顾，自然让人很气愤。

住在我家前排的邻居，不久前刚刚起了两层新房子，他家的花生全部收好堆在二楼，不知道怎么就进了老鼠，还不止一两只，蛇皮袋咬烂好多个，花生也吃了很多，心疼得不行，总是能听到两口子轮番的咒骂。后来某天，我去他家串门，客厅里就传来一连串奶声奶气的猫叫声，他家的儿子年纪和我一般大，正蹲在地上逗猫呢，我自然也凑了过去。猫是一只杂色猫，不是现在微博里看到或朋友圈晒的那些名贵猫咪，就像土狗，这差不多也是一只土猫吧。刚出生不久的小猫毛皮不顺，都奓起来，没有奶吃，特瘦，摸上去就像摸着一副披着皮毛的骨架。它抬着大脑袋晃悠悠地看着我们，脚爪也大张着，有些重心不稳的样子，连续不断叫唤。

我们当时都怀疑它能不能活下来，给它准备水和米饭，没想到它用力地吃着，看来确实饿久了。我们看着它牙齿和舌头并用，吞咽着沾了菜汁的米饭，刚刚的叫唤声，大概就是告诉我们它饿了吧。看着它这副模样，我们很好奇，它能否像我们听说的那样，抓住一只老鼠呢？这种疑问很快消失了。小猫进食后变得精神不少，开始撒娇玩耍，跑动跳跃都是好手，感觉没过几天，它的个子就大了一圈，有一天，它竟然叼着一只老鼠出现在我们面前。

我们欢呼雀跃起来。那个时候我才知道，原来猫咪进食时是最凶狠的，近乎六亲不认，大概猫科动物都是如此，猎豹和狮子进食时都不允许同类靠近，如果有人试图摸它一下，哪怕是它的主人，很难说不会被咬伤或者抓伤。我们就这样目瞪口呆地看着它把一只老鼠吃完了，地上还留有血渍，它舔舔趾爪，又舔顺皮毛，好像刚刚的一切没有发生过，即使发生了，也不是它做的。

后来这样的场景变得习以为常，它抓老鼠的本领我们早早就领教了，现在司空见惯。他家的老鼠在那段时间也确实被捕得差不多，两口子的咒骂才平息下来，但另一种叫骂又开始了。这只猫早已变成一只身形矫健、目光锐利的大猫，而且身手了得，时不时就叼回一只老鼠，在家里的某个地方吃掉。后来吃饱了，有时留下一截尾巴，有时剩下一团内脏，有时干脆咬死了丢那儿，等到发臭了才被发现。它好似一下子就从功臣变成了人人嫌弃的对象，首先就是它的主人，开始为家里时常发现的老鼠肢体感到愤怒，继而对它破口大骂，气愤至极时还要追赶一下，做出要教训它的样子。

又过了一段时间，猫咪发情怀孕，生下一堆小猫咪，刚出生的那些天，它们着实让那个家热闹了一阵子。等小猫长大些，两口子就决定将它们丢掉，他们的儿子反对也没有用。被丢掉的小猫咪没过多久，我们就看见它们在大猫的带领下，在村里无人居住的老房子瓦顶上晒太阳。那个时候，没人居住的老房子里都堆满了用来烧火做饭的秸秆，小猫咪找个住处是很容易的。再后来，他们家的猫生的小猫，都被他们装在网兜里，丢到池塘淹死了，他家的老鼠销声匿迹之后，这只大猫偶尔会在家里睡觉，慢慢好多天也见不到踪影，最后便从他们家彻底消失了。我们偶尔能在高高的房顶上看见它，仍然是一副慵懒晒太阳的模样，叫唤它，有时候会"喵呜"地回应一下，大部分时间，它只是抬头看看我们，然后又躺下去。

村里的猫似乎没有多起来。反而因为家家盖楼房，当初那片老房子，几乎全部被拆掉建成了新房，有几户人家把新房建到了外面的大马路旁，老房子留下来，但也很少再见到猫咪出入。后来村里的地全部荒了，村里人不论老小都进城找活路，整个村子彻底衰败下来，仅存的几栋老屋，在风吹雨淋中，瓦顶和土墙陷落下去，露出黑黢黢的口子，无声无息，给人一种悚然的感觉。

我从高中开始离家，后来大学和研究生都去了不同城市，最后毕业工作，又去了另一个地方，直到换了份工作，回到原来的城市。就是那些年，我发现原来家里用来抓老鼠的猫咪，进了城摇身一变成为胖嘟嘟的宠物，不用再抓老鼠，每只都毛色纯净，步态悠缓，眼神慵懒。它们活着的主要事情，仿佛就是长睡，在沙发上，在地毯上，在窗台上，在床上，在人身上，饿了就去吃专门为它们准备的猫粮，渴了就喝为它们准备的纯净水，还要定期洗浴，除虫、打针，稍微有闲情的，还要定期带着去专门的美容院给它们美容。在不同的自媒体平台里，我还看到过那些无所事事的猫咪，被忽然接近的老鼠，吓得猛力弹跳起来，那一瞬间既好笑，又好像隐隐流露出，那才是一只猫的本性。

但我在这个城市的生活并非像那些猫一样恬然。我住在离单位不远的一个城中村，虽然很多人养狗，但养猫的人比较少见，要算有的话，就是巷子外，那家杂货店里的了。那是一只完全不同的猫。

这只猫的特别，是相对于网络上那些晒出来的猫而言的。网络上的猫都是当人养的，有的甚至比人过得还好，他们模仿古代的宫廷剧，把它们亲切地叫作"主子"，把自己卑贱地称为"铲屎的"。这是一只浑身橘黄的猫，就像凤梨一样，在橘黄的身体上，还有均匀分布的小白块，也可以说是一只杂色的猫咪，它并不肥胖，由于身体颀长，反而有些瘦弱单薄。它的鼻头上有块小黑斑，身上的毛长短不一，毛茸茸的，看起来总有些邋遢，一副不干净的样子。

　　不知道是由于外形丑陋，还是这家杂货店仅仅只需要一只看家护店的猫，它被一根小指粗的绳子系着脖子上的锁链，拴在店门前的餐桌上。那是一张连体快餐桌，白天就放在店门口，晚上或许还另有用处。拴着猫咪的绳子绑在其中一个桌腿上，长长的一条垂下来，给人一种沉重的感觉。它总在睡觉，要么直接躺在桌面，要么就钻到店里清出来丢在桌上的纸箱里。桌子上方总是支着一把大遮阳伞，桌面上放着食槽和水槽，其中一个座位上放着纸箱，里面装着猫砂，也不是专门给猫咪买来的猫砂，而是厨房烧过的煤渣。

　　这里是一个热带城市，从三月份起，太阳可以用猛烈来形容。每次汗涔涔路过，我都能看见这只猫咪，锁链让它脖子周围的皮毛杂乱，流露明显被束缚的痕迹，它比我更早来到这里，相比于它，我算一个外乡人，它算是原住民了。这么热的天气，杂货店老板似乎从来没有为它考虑过，除了那把支着的伞，以及几天换一次的水，仿佛这只猫咪从来不会怕热。我看见它的时候，它一直在睡觉，这时时无法消散的倦怠，让我也分不清楚，它偶尔投来眼神里的散漫与无力，究竟是睡得太多的缘故，还是因为长期被束缚，一种经久不散的麻木与无动于衷，让它对两米开外的一切已经失去好奇，让自己沦为了一只没有活力的畜生。

　　这样说也许过于无情。这一切后果的制造者，是杂货店老板，或者他的家人没有丝毫的宠物观念，只想养一只看护店面的牲口，能够在他们休憩的夜里，让这间门面里的东西少受糟践，仅此而已。作为一只猫咪，它身形瘦小，还能够驱赶和抓捕偷东西的老鼠，相比身形高大、消耗颇多，有可能帮不了忙还会捣乱的狗来说，它无疑是一个更佳的选择。他们需要它的时间不多，就是店里没人那几个小时，其余时间就像拴着一条狗，把它拴在门前。这也可以看出，店主和猫咪之间，没有网络上烘托出来的那种亲昵氛围，主子和奴仆的关系也没有颠倒，主人的身份无可置疑，畜生的地位也很明显。这种关系还是充满质疑的，店主并非绝对信任猫咪，猫咪若是没有绳索的束缚，估计也不会无奈地躺卧在高温下的桌面上，至少会找一个舒服的地方，懒洋洋地安顿自己。

这是一种压迫和被压迫、奴役与被奴役的关系，相比于在乡下遇见的那些猫咪，这一只的命运似乎最为悲惨。在乡下，家里的动物，鸡鸭牛羊不说，猫和狗，一般在下崽的时候会关一段时间，因为怕它们护子心切咬伤别人。通常它们都行动自如，尤其狗，总是喜欢跟着自己的主人，村里村外，来来往往，猫咪虽然没有跟从的习性，但它们似乎更懂得怎么生活，怎么来打发自己的日子，室内室外，太阳底下或者阴凉处，几乎都能看见它们呼噜噜的身影。但这只猫却没有这样的好运，它的行动轨迹就在店内和门口的餐桌上，它无法摆脱脖颈处的那根绳索，甚至当别的狗或猫咪从它身边经过时，它也是一副呆板提不起劲的样子。

只是，倘若猫咪失去了猫咪的本性，它会以一种怎样的作用存在呢？也许在乡下可以找到样本，那些最初用来抓老鼠的猫咪，随着家中的粮仓不再堆积谷物，随着空荡的楼面不再堆放花生和红薯，它们在家里的地位便一落千丈。它们要么被赶出家门，要么就主动离开，消隐在人迹罕至的地方，成为一只野猫，变得精明凶猛，逐渐恢复它的动物性。

在城里，这样的例子似乎也不少见。那些失去本性的猫咪，成为一种"好吃懒做"（一种乡土情结的说法）的宠物，抚养它们的家庭已经脱离了泥土，生活在硬化了的土地上，也许住在十楼或者二十楼，那样的房间装饰典雅，温馨舒适，甚至有的干净整洁到几乎纤尘不染。在那样的家庭，关于猫的品种与血统反而显得更为重要，它们被挑选、被打扮、被爱抚，有的甚至被阉割，它们与人群相互依偎、相互抚慰，成为不争的爱宠，它们也许从来也没有想到过（或许早就意料到），有一天会被这样对待，成为人类的主子，比我们更快更早地进入共产主义。

但猫咪与其他动物总是不同的。在我眼里，它们堪称最灵异的动物，种种行为看起来平常又古怪，它们的表情有一种不怒自威的仪态，眼睛深邃仿佛可以将人心看穿，它们应付一切沉着潇洒的神态，还有它们的性情。

也许世上最难琢磨的动物，非猫咪莫属了。你永远无法弄明白一只或沉睡或凝神的猫咪，脑袋里想的是什么，它们不像其他动物，比如说狗，它们容易与人沟通，甚至会主动与人沟通，向人表明它们的意图，但猫咪不会这样。猫咪即使在你的身边亲昵数年，有朝一日你与它对视时，仍然会感到陌生和惊恐。它们与你亲近，但也不会太亲近，它们会与你交流，但不要想它们会付诸全部，它们就是它们自己，近乎一种比人类还要高级的生物。

也许在它们眼里，我们只是猪狗牛羊一类的动物也未可知，我们期待能够与它们心对心交流，它们却感觉无法沟通，我们的愚蠢可能让它们不屑，这或许就是面对它们时，那些困惑与神秘所在。

只是当它们目光懒散，恣意地躺卧在太阳底下，当它们满目亲昵，几欲与人缱绻时，它们在等待什么呢？

# 树为什么活着

　　树以其一以贯之的硬朗姿势，挺立在故土高亢的溪坝上，挺立在荒草伏地的村道边，挺立在门前屋后，也挺立在静止和移动的风景中。

　　在我们生活的土地，陪伴人们最多的，除去各式各样的房屋，便是各式各样的树。单薄的或茂盛的，高大的或矮小的，年幼的或年长的，随着季节变换，常青的或落叶的，红的或黄的，蓬勃的或光秃的。它们不像所有那些来回走动，或突然消失的东西，它们就矗立扎根于土地上，不论白天黑夜，也不论刮风下雨。它们一年四季不动声色，或者随同季节生长或凋零，在你面前不冒失，也不遮掩。也许有天它的脚下长出了新的枝丫，你可以把它当作树的脚步，它只是走得很缓慢，也许缓慢到你比它更早衰老，死亡。

　　与其说树路过我们的生命，不如说我们路过树的一生。在我年幼居住的乡村，有几棵老树构成了故乡的风景，在别的地方，它们也许是地域标志，有的甚至用来为地方命名。

　　距离我家最近的那棵榕树，我小时候记事起，它已经粗壮得要八九个人才能抱紧，如亭亭大伞般遮盖了三栋屋子。在它脚下，每到一定时节，树上的榕树籽就会扑簌簌落下来，它们和黄豆般大小，成熟的果子布满斑点，呈现暗红色彩。村里的小朋友会聚集在树下，在那些青石路面和砖缝里，把没有摔破的果子捡起来，用衣服兜着，有一捧了就拿到井水里洗净，然后坐在树下，一颗颗吃着。榕树果子的味道清香酸甜，落下久一些的，会有发酵过的酒精味。茂密的榕树叶子几乎遮住了所有阳光，我们在树下坐着，看着地面摇曳的光影，很容易就会睡着。记得榕树底下的那户人家为自家的院子搞了地面硬化，没过两年，水泥地面就被它的树根撑破，他们家修修补补，后来干脆把树根锯断，在地面上露出一截。再后来新农村规划，村里所有老树都贴了牌子，我有次走上前去看，发现那棵榕树已经几百岁了。

几百岁的大榕树丝毫没有展现出"高龄"特征，它仍像是一棵刚刚破土而出的幼芽，贪婪汲取着泥土中的养分，吸收着光和热，一年到头都是绿油油的。尤其树下的人家逐渐搬走后，它的生长反而更加惬意了，一点也没有因被锯断树根而显露出衰败的迹象。曾经听说，一棵树在地面上生长有多高，它的根系在土地中就会有多深，倘若果真如此，那它就是顶天立地，长生不倒了吧。而就当我认为，生长得如此粗大的树木将长生不老的时候，我家屋后的朴树，却在我离家读书没几年后，枯死了。

朴树在我们那边不叫朴树，而叫了一个拟声的、在童年的我甚至现在的我看来充满童趣的名字——噼啪籽树，我只能这样翻译。

噼啪籽就是子弹。在我生活的乡下，还未入学的小孩子的玩具，通常都是就地取材，简便实用的。比如风筝，我们用刀子劈下几根竹片，然后小心翼翼地削成轻便的风筝骨，用绳子交叉绑在一起，再裁剪出一张报纸，用透明胶粘好，如果想要美观一些，再把多余的报纸裁成细条形，粘成一条或数条尾巴，飘扬在天上，也是很好看的。而噼啪籽作为现成的"子弹"，"枪"却得自己做。

这里的"枪"，和你印象里枪的样子是不一样的，装噼啪籽的枪，由一根枪管，以及一根用来通管子的木棍组成。枪管一般取一截细长竹子，然后把两端收拾齐整，竹子不能太薄，竹洞不能太大，最好是竹的末梢。用来在竹洞里冲刺的木棍，一般是拿家里的竹筷子削了，把底端塞进之前截下的有竹节的那段竹子里，棍子不能削太细，稍稍细于竹管就行，这样一把"枪"就做好了。需要把它丢进水里浸泡一会，防止炸管，拿出来就能塞噼啪籽，一捅一捅地用来射击了。但我们从来没有用过这棵树上的噼啪籽，不是不好用，而是因为树身太高大，最低的枝叶都离地两三米，高出我们好几个头，摘起来太过麻烦，尽管它结的噼啪籽又大又饱满，我们只有看的份。

这棵树一直靠着我家屋背长着，夏天郁郁葱葱，细小的叶子挤挤挨挨长在一起，太阳再大，走到树下都阴凉无比。因为是落叶树，秋天的时候，它的叶子就开始慢慢掉落，等到进入冬天，它光秃秃的树枝暴露在阳光底下，忽然就会让人觉得，它的年纪已经不小了。

不知道为什么，在我还没有离家求学时，家乡每年都会有两次极端恶劣的天气，乡下人敬畏这样的气候，给它取了一个名字叫"盉面龙挂纸"。盉面龙传说是龙王的儿子，从小作恶多端，犯了天条被囚禁起来了，后来老龙王去世，上天念它一片孝心，允许它每年为龙王扫一次墓。我们村子所在的地方，正是盉面龙上坟的必经之地，所以每每当它去给龙王挂纸，一去一回那几天，必定风雨大作，雷电交加，一些盖瓦的房子，总会被掀掉大半，很多大树被劈断，人们只能躲在屋子里，哪儿也不敢去。我家屋后的噼啪籽树，在那样的天气里仿佛变成了一个妖怪，平时粗硬曲长的枝条，此刻忽然变得像柳枝一样柔韧，仿佛群魔乱舞般，一下下刮着家里的瓦面，一场风雨下来，房顶已经破乱不堪，房间里处处滴漏下来雨水了。在晴朗的日子，父亲就会把它挨着屋子这边的枝条，用锯条锯断，免得它再把屋顶搅得一塌糊涂。

当我离家去外地上学后，家里在原来的屋子边上，靠池塘边建起了一栋新的房子。屋后那棵挨着水边生长的噼啪籽树，正缓慢地死去。最先是挨着房子这边的一根大枝丫，春天来了以后，其他地方都长叶子了，它还是光秃秃的，此后年年如此，直到它上面的树皮开始变黑，然后爆裂，最后露出枯裂的树干，和它身后的一片绿色很不协调。往后几年，我在外面的时间越来越长，回家待的时间越来越短，有一段甚至从来没有关注过这棵树，虽然它就在房子后面挺立着，像一个寡言沉默的老人，看见我回来，又目送我离开。直到有一年，我把新房子二楼向北的窗帘拉开，那棵树就在窗外，就在眼前，它身后的竹林还是青翠一片，它却不吐一叶，树身泛白，有的地方逐渐变黑，就像沉入了一个漫长的迷梦中，再也没有醒过来。

枯死的噼啪籽树在屋后挺立了很久，就在我以为它会这样永远矗立下去的时候，有年冬天，它巨大的树身忽然毫无征兆地扑倒下来，斜斜地铺展在池塘里。如果不是挨着池塘那侧的泥土全部崩塌了，它倒向哪边还不一定呢，也许会狠狠地砸在我家新房子上。在家的那几天，我有次来到屋子后面，扶着它竖起的枝干，从原来是树梢的地方往树身上走。那是一种奇异的感觉，枯死的树干仍然粗壮结实，因为庞大，我从树枝深入池塘的中心。我站在树身上沉默无语，眼睛看着水面，双手抓着枝干，一些记忆好像也快随之而去了。我顺着树干往树根走，看见根部往上几十厘米处，有一个很久以前的割痕，围着树根一圈的皮被割掉了。我不知道是不是父亲做的，曾经有一段日子，他总是为这棵树而焦虑，其实也是为房子而担忧，作为一家之主，他有这个责任，也有这个义务。

假如没有人把它的树皮割掉一圈，它一定还会继续生长下去，枝叶更为繁茂，树身更为壮大，把它伸向天空的手举得更高一点，把它的绿裙子铺得更阔大些，看见更多的人世沧桑，然后静默无言。

很少有树依靠自身的力量往前挪一步，在门前屋后的各种树木里，我还没有看见过，除了插下一根竹子会长成一片竹林，那些成长壮大的树木，全部都是人为种植的。它们会撒下种子，但在它们自己的荫庇之下，几乎没有一颗可以破土而出，即使长成了幼苗，也很难像它们自身一样长成大树。也许对人而言，有宽大的臂膀护佑着能够少受伤害，然而对它们而言，荫蔽本身就是伤害，甚至等于杀害。

我是一个安静的人，却是无法忍受长久待在一个地方的人，至少在我年轻的时候，这种愿望极其强烈，想往远处走，去翻过远处那座山，看看山后面是什么样子。正是如此，这些年来，往北、往西、往东和往南，我到过许多地方，也渴望着自己能够继续走下去，一直走下去。那些未曾见过的风景仿佛正在呼唤我，是那种真切和源源不断的呼唤，是不绝于耳的呼唤，有时候甚至觉得，我是磁石的一极，而远方是磁石的另一极，它时时撕扯着我，我能够清晰感觉到这种隐隐作痛，它无时不想把我吸引过去。

因而我始终无法理解树，尽管它们处处将我环绕，就像所有护卫我的东西一样，给我安定，也给我想象。但我无法理解这种一动不动的状态，这种真正"从一而终"的样子：一辈子固守在一个地方，永远生存在这小片土地上，和另一棵树做一辈子的邻居或朋友，甚至想远远地认识另一棵树，也做不到，更不用说跨过一条河、越过一座山。我甚至想到树的生活时，内心生出一种深深的恐惧，一种可以吞噬一切的恐惧，那是怎样一种生活呀！除了四季更替，除了人来人往，除了风吹日晒，它们还有什么期待？当我注视它们的时候，我想到了远方的大伯父。

大伯父彼时已经八十多岁，是父亲同父异母的大哥。早年，父亲才几岁时，爷爷将俩伯父从乡下带到了德兴铜矿，让他们成为正式工人，就要将奶奶和父亲也带去时，不慎发生了溺水事故，事情也就此耽搁了。爷爷去世后，比父亲大十几二十岁的大伯父，真正做到了长兄为父，不仅要操持自己的家，还要操持奶奶、父亲和另一个伯父的生活。由于长期过度劳累，加上那样的工作环境，大伯父罹患了矽肺，多年来，一直住在职工医院的病房里，由于呼吸越来越不顺畅，大伯母也陪住了进去。

我当时在南昌，做着毕业后的第一份工作。南昌距离德兴铜矿有三四小时路程，在南昌一年半，都没有去看过他们，只在辞职离开前，才专程坐车去了一趟铜矿，那个时候已近年底，天气寒冷。

一路上，伯父隔一段时间就会给我打个电话，问我到哪儿了，我耐心地和他说刚到哪儿，也许是因为相隔太久没有见面。算起来，距离我上次去见他们，已经有十年时间。早年大伯父身体还健朗时，他每年都要回家一次，看看奶奶，还有散落在乡下的亲戚，维持感情。后来随着年纪增大，以及肺病越来越严重，他已经十多年没有回家，我一直在外地读书，放假时间也都回老家。老家在赣南，大伯父在赣东北，我又是害怕见人的性格，所以一直拖下来，参加工作后，才觉得自己慢慢长大了，也才敢独自去见大伯父一家。我们除了伯侄关系外，在名义上，我也是过继给他的儿子，因为大伯父始终没有生到男孩儿，父亲也时常提醒，让我要多向他们问候。也许更有这层关系，我们才显得那么亲近。

大伯父早早告诉我在哪个地方下车，当我按照他的嘱咐，走下高速时，刚好看见一群老人坐在楼道上，伯父母也在其中。他已经没有力气下楼，就和大伯母两个人告诉我该怎么走，直到上楼，走近他们，才发现他们真的老了。那几天随大伯母去了两个大姐家拜访，也算难得来一次，但更多时间，还是在楼上陪大伯父聊天。时间早已入冬，又是阴雨天气，屋外雨丝轻飘，朦朦胧胧，他和我说起早年工作的事情。除了在铜矿做一线工人，他还因为头脑活络，吃苦肯干，经常被单位派去出差。他反复地告诉我，他几乎走遍了国内的各个省份，只有几个地方没有去过。说他在新疆中俄交界的地方买机器设备，说他喜欢开车，说他每到一个地方，就想把那个地方的山全爬一遍，把那里的景也全看一遍，他说，那时候全身都是力气，跑到哪里都不会累。他看着外面某个地方，又喃喃地说，那个时候多么快活，到处跑，哪像现在，只能在楼道里走走，连楼都下不了……

他浑浊的眼睛忽然溢满悲伤，我的心也为之一震，不知道应该如何安慰他。因为衰老和疾病，大伯父和大伯母已经在医院过了好几个年，吃过好几次年夜饭。有次我随同大伯母去医院门口坐车，她说她不敢从诊疗部那栋楼门口过，因为经常都有人死去，她害怕。我陪同她从那栋楼的后面经过，看着她单薄瘦小的身体，想象她这些年来的劳累和担忧，一股酸楚从心里的最深处泛上来，却只有相对无言。

窗外的雨雾仍然没有消散，我又要踏上返乡的旅途。大伯父脸色平静，抽着烟，又嘱咐我一些事情，我唯喏，下楼，慢慢往外面等车的地方走，我知道，大伯父一定在三楼的走廊上看着我。那时尚不知觉，此即永别。

他的身上，或许还有很多地方我无法理解，那不仅是阅历的沉淀，也是时间的沉淀，这条路没有捷径。如果我想要完全认识、进入他的内心，只有生活会慢慢给我启示。但有一点我可以确定，如果要大伯父选择一种他想成为的事物，他一定不会想成为一棵树。他或许更想成为一只鸟或一朵云，一直在天空飞翔，我相信他的眼睛，一刻也不会闲下来。

# 鱼为什么活着

这个问题我曾经和别人讨论过，但只是那种随口一说，就像你信手从纸盒子里抽出一张纸巾，擤了鼻子就随手一扔，它便不再搅扰你了。然而如果这种问题持续存在，比如冬天容易感冒，你开始流鼻涕，一张张纸巾从盒子里掏出来，转眼就空了，兴许你会转头看看篓子，白白一片，满当当的。

给鱼换水就是这样一个过程，唯一的区别，鱼缸里的水不像纸巾消耗快，实际上也不是消耗，换水通常是因为鱼的排泄物把水弄脏了，或者多日不换，怕水里的氧气不够，即使还算清澈，也会换掉。换水时，我把它们捉进一个剪掉细口的矿泉水瓶子里，然后把水倒掉，冲洗一番，再用手里外摩挲一遍，冲干净了就可以装水，但不太满，还要把鱼倒进去，原来的水一并倒入一些，这样可以防止水环境变化太大，鱼受不了死掉。我之前养的几乎所有鱼都是这样死掉的，除了一两只，它们在夜里某个时候跳出鱼缸，清晨就看见硬挺在地板上，身上已经干了。

我不知道鱼为什么想要跳出来，在我看来鱼缸里的环境已经够好了，至少剩下的鱼过得都挺好，如果不是换水或者自寻死路，我想它们会一直活下去。我只养过两种鱼，而且都不知道学名，只记得花鱼店老板在玻璃缸的标签纸上，写着"斑马"和"米奇"。我养最多的时候不超过六只，总是斑马居多，米奇因为贪吃且排泄物多，也不爱游动，一直让我厌倦。或许是因为鱼缸太小，过不了多久，缸里只剩两三条，两条的时候最稳定，都是斑马，现在就是如此。斑马游得快，身材颀长，两侧有红白相间的线条，刚买回来更红艳，在我的鱼缸里待久了，红色会淡一些，但还是很红。斑马吃得少，吃得少而又游得快，水也不容易脏，我便很喜欢，房间里的活物，除了我就是它们了。

因为考取了另一份工作，我跳槽从老家来到这个城市，提前几天住进宾馆，幻想着从一个过客尽早成为这个城市的主人。每天醒来，就开始围绕着即将进入的单位，一圈圈地寻找自己暂时的住所。本以为这里房租低廉，没料到小区房租少的也近两千了，附近挤挨在一起，阴暗潮湿的城中村，似乎才是我的选择。想着这段时间很短暂，也许短到一个月后，我就能住进新单位安排的宿舍里，只是几天后这种想法就宣告破灭。那里根本没有舒适的单身宿舍，等着我搬进去，甚至需要缴费的房子，好多年前就已经住满了。

我在城中村里来回，阳光如随处可见的废纸一样，一块块粘在地上。我的身体忽明忽暗，拨打着墙面上一个又一个的电话，直到选定一户的二楼。那里有一个逼仄的阳台，我在幽暗的房间查看时，拉开木门上的插销，就看见了一抹明亮的阳光，心里想，就这里了。那一瞬间我感觉到，这扇门就是一个出口，让我可以接纳以后的所有生活。接下来的布置，始终被一种怅然若失的情绪所包裹，对新生活的向往消退下来，背井离乡的孤独，开始左右着我。我最先接纳了铜钱草和绿萝，每天中午，守着三十分钟的阳光，把它们搬出来一起晒。阳光过去了就搬进来，在昏暗里大眼瞪小眼，然后决定养一种能动的活物。首先在我眼前浮现的，就是以前同事的鱼缸。

在一个夜晚我将它们带了回来，平时很少怠慢它们，甚至根本没有怠慢的时候。每天起床都能看见，洗漱好临走前会撒几颗饲料进去，鱼的饲料很腥，但看它们吃得欢，我就不那么在意，有时候也中午回来投喂。换水一般在中午或晚上，换水时，我会仔细安顿好它们后再涮鱼缸，不经意就会想起以前朋友养鱼，换水时把鱼也冲进下水道了，有时候我会笑，但它们是不明白我笑什么的。这两只斑马不知道是第几次买回来的，它们长得很像，个头也差不多，我想，如果它们死了，我就不再养鱼，鱼缸洗净后，装上水，去阳台上掐几支绿萝种进去。

但我不会刻意让它们死掉。有一次，一只斑马从鱼缸里蹦出来，我数天后在客厅的桌台下移开桶后才看见，它的身体仍旧湿润，因为台下一直淤积着污水，但已经没有了生息。那个时候一股惆怅笼罩在我的心头，我不知道它想追逐什么，也许只是不经意一跃，却跨过了生死界限，提早结束了它的生命。只是这种意外的死，让我惋惜心疼，它曾经那么鲜红活泼，我以为它可以一直活下去，直到老死。

印象里，同事养鱼并没有什么特别的经验。他的鱼缸与我的相差无几，喜欢在里面插上一棵吊兰，很多天换一次水，有时候要我提醒，他才想起要清洁一次。但他有一种从容的气质，看着他心气平和的模样，就能让你觉得，周遭无论发生什么，他都可以轻松应对。我此时的现状却截然相反，被怅然失落遮蔽的深处，是对未来的疑虑和彷徨。整个人显得无精打采，用很长的时间走一段很短的路，"家"就在眼前，却没有什么能吸引并让我安定。我试图联系在本地求学时认识的朋友，和他们见面，最后带着更深沉的惆怅回到房间。那一刻我知道，所有都已面目全非。时间就像一台巨大的石碾，把过往的一切碾压成粉齑，碎裂了的，终究无法再找寻和接续。

他们似乎还是他们，而我再不是原来的我，对自己的怀疑愈加急遽。纵然是一去一回，已然是重新开始。我渴望在寂静的生活中，找到能够相见与倾诉的人，找回过往的点滴，犹如盆中绿植的根系，一点点伸长，蔓延。我期待着迎面而来的人伸出手，微笑着说，原来你也在这里。幻觉消失之后，我把自己关在房间里，长久地注视鱼缸中的鱼。它们是如此活跃，充满着生命本真的热情，它们在水里快速游动着，一圈又一圈，仿佛不知疲倦地想要告诉我什么，我却无法破解它们的密码。

我发现我由最初的排遣孤寂，从花鱼店买回来鱼和绿植，逐渐变成了一种喜好和寄托。吊兰的绿，绿萝的旺盛，尤其是鱼的活泼，让我对生命有了别样的认识，不仅恒温动物搏动的心跳是生命，那些绿也是，那种鲜红和悠游也是。它们让我对生活有了新的理解，慢慢走出昏暗和阴郁。浇水和换水，晒太阳与喂食，它们的生死掌握在我的手里。而我的生命左右在谁的手里呢？我可以轻易结果它们，但我不会那样，我觉得自己和它们别无两样，我们都在具体而微地活着，无轻无重。

对生死的操控一度迷惑着我，让我从周围的陌生中抽身出来，成为一个人的君主。在那个阴暗的小房间里，逐一审视，无生命体占据了绝大多数空间，它们像身体上的死皮一样，已无惧任何摧毁。剩余的东西显得那么弱小，发黄的铜钱草，逐渐枯萎的薄荷，绿萝一看就营养不良，还有鱼缸里越来越少的鱼，它们相比于我，仿佛更难适应房间里的沉闷。它们被一只更大的手操控着，包括我自己。身体的异样始终折磨着我，在怀疑与坦然之间，我诉诸命运，相信在某天它终究会给我一个答案。

只是这种日子久了，也会让我心生疑问，鱼为什么活着？尽管我可以为我的活着找出一千个理由，然而鱼为什么活着呢？鱼没有我这样纠结的社会关系网络，没有工作也无法自食其力，甚至住所都是不固定的，一切都为外界左右。像我这样的人，比我好的人，比我坏的人，每一个人都能饲养它们，每一个人的方式也各不相同。这也许又要陷入谵妄的无知论，或者有神论，感叹命运的随意和类同。

但只要转念一想，鱼的处境和我的生活是迥然相异的，它的生命掌握在我的手里，所有养在鱼缸里的鱼，它们的命运也全部掌握在饲养它们的人手里，我可以随时处决它们而它们一无所知，我可以精确到分秒不差。如果世界之外真有一种东西在饲养着我们，如果"他"要我们死去，我们也可能随时就会倒下去，像一株割倒的麦子，像一盏耗完电的风扇，像一个撞见针尖的气球，啪的一声，就变成了无数碎片。当我们自我感觉良好，精力充沛时，便会心存侥幸，不相信死亡会即刻到来，当然"他"并不会透露说我们就要死了，就在某时某分某秒，我们将必死无疑。

　　恐惧始终被按压在心里最深处，在厚重的围墙内膨胀着，只需某种异样的征兆出现，整个人就会在一瞬间崩裂。也许鱼也如此？像人一样时刻心存侥幸，在空荡的水里不知疲倦地游来游去，徒劳地游来游去，在无法揣度的命运里，妄图找见一点食物，一点新奇，一条雌性的同类？我们也不会告诉它们死亡何时降临，即使告诉，也是通过暴力摇晃或者强行进入它们的水底世界，让它们感受到这种暴力的强大不可遏止，否则，它们何以明白我们慈善的脸面下，那种残酷之心呢。这对它们来说或许是神灵或上帝的语言，它们能够听见，却不明所以，它们是否揣测，于我们也未可知。这样想来，每个世界都遵从着各自的法则，每个世界彼此都通过某种"契约"相互和谐，如果强行闯入，便是一种冒犯，要被谴责，而这应该也是为何我可以轻易置之死地，却不下手的原因，这是至上之神给我们灵魂深处的烙印，一种冥冥中的规约。

　　在既往的生活里，我却做过不少残忍之事，捕获蛙类喂养家禽，垂钓鱼类，满足自己的口腹之欲。每每要面对这些时，我习惯以年少无知加以遮蔽，或退守一步，宣布自己只是获取，从未亲手处决。但心底的良知真能面对那"一厘米主权"吗？有和无的界限，就是人与兽的区别。我难以接受自己与兽类等同，只能不断地反省自我的命运。

之所以仍想知道鱼为什么活着，大概因为，在这两个不一样的世界彼此关照之下，它们的生存状态在我的眼里不可思议。我用人类社会的生活方式考量鱼类的生存，也就把人类社会的规则强加给它们了，这些对它们来说也许并不适用，这种问询也就失去了意义，没有探寻的必要。然而，世间所有存在的意义，不都是自称为世界之主的人类强加给它们的吗？就如同为我的活着找到一千个理由，我也可以为这个问询找到无数的理由。

当我问及"鱼为什么活着"的时候，也许是在问询一种人类社会生存方式的合理与否。只是这样说出来就没什么意思了，我并不想在这个问题上过多争辩，我也相信人类所有指向外物的问询，最终的结果都是为了安慰自己，我们就是如此自私。

那只被我附身的鱼正在鱼缸里悠然游动着，它的脊背红艳，是那种健康的红，它的眼睛一动不动，就是死鱼眼的样子，但是它很活泼。我往水面吹上一口气，它便迅速游窜起来，不住地在鱼缸里转着圈子，背上的鳍不时划破水面，一圈圈的涟漪在缸里来回荡漾。我从这一只跳到另一只，它们虽然都被困在这个小小的天地里，但并不抑郁或绝望，那些来回游动的秘径也许经过了几万次，但仍未令它们厌倦，仍旧在寻找什么的样子，仍旧欢乐的样子。那只被我附身的鱼，时不时去触碰另一只，快速触碰又瞬间游离，像是玩乐，又像在进行某种仪式，一些隐秘的部分在展开，但我却不能附身其中。它们孤独吗，在没有水草与溪流的地方，在没有阳光直射之处，在囚室一般的死水里，在漂白粉缓慢的腐蚀中，它们的不适是什么样子的？两只红色的斑马在一无所有的清水里游动，通常都是在黑暗中游动，除了不定时撒下的鱼饲料，它们除了撞见彼此，还在期望遇见什么。

新的工作环境并不如稳定的新工作曾给我期许。这是一个步入老龄化的文化单位，犹如在下陷之前渴望抓住一根枝条，它在极度青黄不接时，招来了我们。年龄的断层也带来了交流的断裂，尽管双方几欲弥合，只能目睹在这条路上越走越远。我需要重新改造自己，或许应该满怀期待，才能应对一眼能看到尽头的生活。

有人说鱼的记忆只有七秒，倘若果真如此，那探究它们的生活就了无意义，而追问"鱼为什么活着"更是闲着没事了。只有七秒记忆的鱼悠缓地围绕鱼缸一圈，回到原来的地方，便有了全新的观感，当它继续游动，再绕一圈的时候，一切又变成了陌生的存在，它不用停下来，就永远在经历一生中从未有过的美好与期待。这样的鱼为什么活着呢，或许不应该这样问，正确的问法是，这样的鱼为什么不活着？

然而不管这个说法的对错，当我直视缸中的斑马时，直觉告诉我，它们的记忆远非七秒。我能感受到当我靠近鱼缸时，它们的欣悦，也许你又要嘲笑我，"汝非鱼，焉知鱼之乐"？但有些东西不明所以时，直觉往往更为可靠，它指引着你认识它，或者规避它，我想这是所有生命体与生俱来的本能，一种基因里无法更改的密码。

红色的斑马在我靠近时急速游动起来，但不是那种慌乱的游动，我一看就知道，是像被关在家里的狗看见主人那样的活蹦乱跳，狗有狗的方式，鱼也有鱼的方式。两只斑马来回游动，不时撞到一起又迅速分开，鱼缸太小了，它们的背脊刺破水面，当我把脸凑近缸沿，它们仍旧在水面游窜，我甚至在它们快速的移动中看见那些细小闪光的鳞片。它们试图接近我又无法完全接近我，也许仍然带有疑虑，水面就是两个世界的临界点，我们彼此都无法逾越。拥有记忆就是拥有痛苦，对鱼来说尤其如此，"天空一无所有，为何给我安慰"，这种安慰，或许斑马永远无法获得。

是的，记忆和直觉就是问询的开始。鱼缸里什么也没有，除了拥有记忆的斑马，什么都将被我泼洒一空，我用水一遍遍清洗透明的玻璃鱼缸，直到缸里灰白色的污渍不见踪影，我重新装满清水，把斑马送回鱼缸。被我周而复始清洁的鱼缸，除了自己一无所有的鱼，这就是它们的全部。据说狗很怕洗澡，因为清洗之后，身上的气味会暂时消失，它会因为找不到自己的踪迹而焦虑不安。鱼缸里的斑马会在它所处身的世界里留下什么，以确认自己的存在，记忆的短暂与环境的频繁变更，无所附着的水底世界，它的寄托在哪里？

这个疑惑在我的脑子里翻滚，左冲右突，我的脑袋也随之左右摇摆。在办公室与出租房之间迂回，经常像若有所思，实则是一片空白。激情的消退，把附着在物体身上的色彩清洗下来，一切变得灰暗，模糊与不可接近。

一本正经谈鱼的寄托，本身就是一种荒诞，那我们就回到动物或者生命的最初本能——繁衍，我的观照在它面前就是不折不扣的残酷，我以清洁保护的名义在杀害与遏止它们种族的繁衍生息。多么熟悉的一句话，是不是？它们在无望的生活里妄图找到寄托而无以寻找，它们在不知所终的生活里妄图寻找归宿而茫然无助。这就是鱼缸里的生活。

为了让它们获得更多的平静，我学着同事，在鱼缸里插入几枝绿萝，用来净化水源，让它们撞见彼此之外，还能撞见其他的东西。它们需要这种惊喜吗，或许也会因此心怀感激？我试图在重复乏味的工作之外，找寻到一点点成就，一种在被支配之外，可以自由支配的生活。成为那扇通往阳台的木门之外的另一个出口。

夏秋时候是斑马进食的旺盛时节，那段时间，每次撒几十颗饲料下去，都会被两只斑马很快吃光，每天要喂食几次，有时候一丢下去细小的水面会溅起一片浪花，你可以想象在公园里的湖边喂食锦鲤的样子，就是那种饥不择食的模样。冬春时候它们就吃得少了，有时候一天只喂一次，一次只撒一点点下去，第二天仍旧能看见没有吃完的饲料沉在缸底。不论它们是怎么对待每天的吃食，当我看着它们时，总不禁会想起那个疑问，如果是我，我会凭借什么活下去呢？时常听见有人说谁谁没心没肺，真有那样的人吗，倘若有的话，或许他或她在哪个世界里都能安然地活下去。鱼群里也有没心没肺的鱼吗，或者说，鱼都是没心没肺的？

有时候，我幻想替鱼缸里的鱼去活几天，去鱼缸里看看外面的世界，去永无止境地转圈，去沉落水底歇息，去等着被喂养、被清洁、被安排，无所想无所惧，去像鱼一样活着。然而鱼是这样活着的吗，它的惊心它的忧扰，它沉睡时的噩梦，它的静默无言，特别是它的囚笼般的生活范围，它的独处。

当我每天从昏睡中醒来，听着三楼一家人走动，在薄薄的楼板上留下声音，大人或是孩子，穿鞋抑或赤脚，还有那只宠物狗，每走一步，都像在地板上撒下几粒小米。我关掉闹钟，继续躺着，直到巷道热闹起来，我不得不起身洗漱。

也许那样子就更能明白，鱼为什么活着，在没有开始也没有结局的日子里争先恐后地活着。我尝试着这样想，不知道鱼会不会也想和我换一种生活呢？哪怕让鱼成为人一天，去走得更远，去遇见不同的同类，去尝试各种吃食，去听听汽车相撞的声音，听听咀嚼的声音，去看看油腻和衰老，看看口是心非，它们愿意吗，它们会觉得，做鱼累，还是做人累？

说着说着就会让你感觉，我是在抱怨，有一种厌世情结，悲观者的眼睛看见的一切都是悲观的，就比如我眼里的鱼，明明活生生欢快地游来游去，我非要去问它为什么活着，这不是有病吗。然而事实却非如此，我是一个悲观者，但还没有厌世情结，我甚至会说我爱这残缺的世界，我每生活一天，身体中都有一股冲动，期望着能够多走一些我没有走过的路，去认识我还没有认识的人，去尝试那些我没有品尝过的食物，去经历我尚且没有经历过的感情，我也期待惊喜，期待刺激，像你一样期待猥琐或崇高。但我为什么还要去问"鱼为什么活着"？你也许不用问也知道，如果我明白了，我还会继续问下去吗?

疑惑达到最深处时,我尝试着问远方的朋友,问同事,他们无不是讶异地看着我,仿佛我脑袋里的机关出了故障。这样的提问总会被粗暴地打断,被反问以想想你是为什么活着终结。仿佛我就是鱼,而鱼就是我。

两只斑马仍然在我的鱼缸里自由自在地游动着,每当我归来开灯,它们的一天似乎才开始,沉落在水底休憩的便抖擞精神,迅速浮上水面,当我关灯,它们的一天也就结束了,我每天三次开关灯,所以我的一天就是它们的三天,也许它们在黑暗里仍旧活跃,谁知道呢。我每次关灯离家时,心里都会浮现一个场景,两只斑马从鱼缸里跳出来,像阿拉丁神灯里的精灵,身体迅速变大,浑身湿滑地挤坐在房东留下的红沙发上。它们若无其事地与我告别,门关上的一刹那,我甚至能够猜测到,它们因为独处的兴奋,在我的小房间里跑来跑去。在我的床上翻滚,试试我胡乱摆放的鞋子,到小的厨房里看我吃些什么,也许它们也想尝一尝。我想象当我回来时,它们多么慌张地钻进鱼缸,装作一副从容不惊的样子,看我充满狐疑地把一切收拾整齐。

每次看见它们孤独地相互为伴,我就想着要不要给它们多带来一些同伴,鱼缸里曾经最多有六只斑马和米奇,但最后只剩下两只斑马,尝试多次之后,我终于知道导致这种结局的,并非鱼的缘故,而是鱼缸,这个东西太小了,小到只适合让两只鱼存活。当明白这一切,我就想着,什么时候换一个大一些的鱼缸,最好是那种带有自动增氧清洁设备,还有水底模拟布景的，它至少能够让我不那么频繁换水，也许某天醒来，它们确实将变得硕大无比，还能看见它们带着一群小鱼，在塑料珊瑚和水草丛中悠游呢。

　　只是我的生活并没有什么起色，而生活里乱七八糟的东西越来越多，小租房里，已经没有什么地方能够容放更大一点的鱼缸了，改善它们生活条件的想法愈推愈后，直至没有了往日的冲动，雨水充沛的时候，我回到房间里，看见它们快乐地游动着，便会觉得，其实这样也挺好的。